KB069207

나답게 살기 위한 글쓰기

나답게 살기 위한 글쓰기

초 판 1쇄 2023년 03월 23일
초 판 2쇄 2023년 05월 08일

지은이 이수아
펴낸이 류종렬

펴낸곳 미다스북스
총괄실장 명상완
책임편집 이다경
책임진행 김가영, 신은서, 임종익, 박유진

등록 2001년 3월 21일 제2001-000040호
주소 서울시 마포구 양화로 133 서교타워 711호
전화 02) 322-7802~3
팩스 02) 6007-1845
블로그 http://blog.naver.com/midasbooks
전자주소 midasbooks@hanmail.net
페이스북 https://www.facebook.com/midasbooks425
인스타그램 https://www.instagram.com/midasbooks

© 이수아, 미다스북스 2023, *Printed in Korea*.

ISBN 979-11-6910-186-8 03800

값 **17,000원**

미다스북스는 다음세대에게 필요한 지혜와 교양을 생각합니다.

쓰기에도 근력이 필요하다

나답게 살기 위한 글쓰기

이수아 지음

미다스북스

구원의 빛, 글쓰기

저는 어릴 적부터 활자에 익숙하지 않은 사람이었습니다. 학창 시절 12년 중, 중학교 2학년을 제외하고 전교 꼴찌에서 두세 번째를 오갈 만큼 교과서조차 읽는 것을 힘들어했습니다. 청소년기를 지나 아이의 엄마가 되어서까지 제대로 된 문장을 써본 기억이 없습니다. 제가 살아오며 주로 써온 글은 단어의 나열이라고 해야 맞을 듯합니다. 저는 한글을 배우기 시작한 지 얼마 안 되고부터 활자를 두려워했습니다. 그래서 책을 멀리하고 살았습니다. 거기에 문장을 읽고 이해하지 못하는 원인이 난독증이었음을 나이 서른이 넘도록 알지 못했습니다.

저는 두 아이를 오래 가정에서 돌보았습니다. 그러다 첫째를 학교로, 둘째를 어린이집으로 보내게 되었습니다. 혼자만의 시간이 좋으면서도 공허했습니다. 점심을 먹으려고 하는데 제가 좋아하던 음식이 무엇이었는지 기억나질 않았습니다. 몇 년을 아이들과 남편이 좋아하는 음식을 차려 먹다 보니 잊어버린 것이었습니다. 게다가 제 이름이 왜 그리도 생경하던지요. 이름 대신 'ㅇㅇ의 엄마' 혹은 '새댁'이라는 호칭으로 불려 온 세월이 7년입니다. 저는 그동안 가정에서 저를 지우고 엄마와 아내라는 옷만을 입은 채 살아왔다는 것을 알았습니다. 제 삶이 도둑맞은 듯한 기분이었습니다.

저는 한 번도 해보지 않은 것을 하고 싶었습니다. 새로운 무언가를 하면 저의 존재를 감각할 수 있을지도 모른다고 생각했습니다. 그러던 어느 날, 유튜브로 '김미경 TV'를 보게 되었습니다. 김미경 강사가 한 권의 책을 들어 보이며 "전업주부들도 이 책은 꼭 읽으세요." 하고 말하는 것이었습니다. 그 책은 로버트 킨슬, 마니 페이반의 『유튜브 레볼루션』입니다. 저는 망설임 없이 그 책을 구입했습니다. 그리고 두 아이가 없는 5시간 동안 읽어나갔습니다. 주말을 포함해 꼬박 두 달을 이해할 수 있을 때까지 반복해 읽고 필사했습니다. 300시간을 들여 완독하고 요약 정리했습니다. 그리고 독후감을 썼습니다.

이 이야기를 들려주면 한 번의 과정만으로 난독증이 극복되었다고 여기는 사람이 주변에 있습니다. 그러나 제가 가진 난독증은 그리 쉽게 극복되지 않았습니다. 그다음 책도 같은 방식으로 200여 시간을 들여 읽어 나갔습니다. 독후감까지 쓰는 책이 점점 늘어가면서 어느 날부터는 4~5시간이면 한 권을 읽을 수 있게 되었습니다. 독후감을 쓰다 보니 제 이야기가 하고 싶었습니다. 제 마음 어딘가에서 일어나는 요동을 막을 수 없었습니다. 그 마음들을 견디다가 글을 쓰기 시작했습니다. 독서하던 시간은 자연스레 글 쓰는 시간이 되었습니다.

제가 처음으로 쓴 글은 일기도 무엇도 아니었습니다. 썼다 지우길 반복하다 보니 다섯 문장을 쓰는 데에만 5시간이 들어갔습니다. 이런 제가 이제는 "역시 글 쓰는 사람이라서 다르네요." 하는 말을 듣곤 합니다. 아는 엄마들은 자신의 아이가 쓴 글이 어떠한지 보아 달라 하고, 누군가는 글을 써 달라고 부탁합니다. 2022년 8월의 어느 날, 저는 에세이집 『외로움을 마주하는 자세』를 출간했습니다. 같은 해 12월부터 인터넷 신문사 〈미디어 여행〉에 '이수아의 문학 여행'이라는 칼럼을 연재하고 있습니다.

지난 3년간 어디로 가야 할지도 모르면서 하염없이 길을 걷듯 글을 써 왔습니다. 제게 쓰는 근력이 붙어갈 때마다, 글을 몸으로 익혀 나갈 때마다, 방황하듯 흔들리며 나아갔습니다. 지금의 저는 포장되지 않은 길을 닦아 나가는 마음으로 글을 쓰고 있습니다. 그러다 넘어지고 다치기도 하지만 상처가 깊지 않으면 다시 일어납니다. 저답게 살기 위해 계속해서 길을 내고 있습니다. 3년간, 1,000편이 넘는 에세이를 쓰고 도착한 곳에는 누군가가 저를 기다리고 있었습니다. 그건 또다시 쓰는 삶이었습니다. 저는 글쓰기로 지평을 넓혔고 세계관을 구축했습니다. 글쓰기를 놓지 않는다면 지금보다 더 확장되고 단단해질 것이라고 믿습니다. 제가 글을 쓰지 않아도 뭐라고 할 사람은 없습니다. 아무 일도 일어나지 않습니다. 그런데 왜 저는 지독하게 글을 썼을까요. 글을 쓰며 알아갔습니다. 저를 살리고 싶어서였다는 것을요. 저는 글쓰기로 구원받았습니다.

이 책은, 제가 4년간 글을 써 오며 알게 된 깨달음의 산물입니다. 총 4부로 이루어져 있습니다. 1부는 쓰는 삶이 저를 살려낸 순간들의 기록입니다. 글쓰기에는 치유의 힘이 있습니다. 저는 마음에 진 응어리를 글로 풀어내며 스스로 아픔을 벗어냈습니다. 또한, 쓰는 감각을 몸으로 익히며 쓰는 사람으로서의 태도를 갖추었습니다.

2부는 제가 글을 쓰며 겪었던 어려움에 관한 이야기입니다. 글을 쓰다 보면 누구나 무너지는 순간을 마주하게 됩니다. 쓰는 근력이 붙으면 쉽게 무너지지 않습니다. 글을 쓰고 싶어도 그러지 못했던 날들 속에서 제가 찾은 답이 여기에 담겨 있습니다.

3부는 제가 터득한 쓰는 방법론에 관한 것입니다. 지지리도 글을 못 쓰던 제가 출간 작가가 될 수 있었던 것은 글쓰기를 연습하고 훈련한 덕분입니다. 혼자 때로는 누군가와 함께 쓰며 제가 몸으로 익힌 글쓰기의 모든 것을 풀어놓았습니다.

4부는 4년 전, 글쓰기에서 출발한 제가 다시 글쓰기 앞에 선 이유입니다. 저는 글을 쓰며 잃어버린 삶의 일부를 되찾았습니다. 오감은 확장되고 퇴색된 기억은 되살아났습니다. 지금도 계속 변화하는 중입니다.

저는 글쓰기 수업과 모임을 꾸준히 이어왔습니다. 여덟 명의 강사(작가)로부터 셀 수 없이 많은 조언을 받았습니다. 그 조언에 따라 문장을 뜯어고치고 잘못 들인 습관을 바로잡으며 혼란스러운 날들을 지나왔습니다. 그리고 글쓰기는 인생처럼 정답이 없다는 것을 깨달았습니다.

일기와 에세이는 다르지 않습니다. '잘 쓴 일기'를 만인에게 보여주는 것이 '에세이'입니다. 당장 고치지 않으면 큰일 날 것 같은 단점도 읽는 사람에 따라 받아들이는 것이 다릅니다. 누군가는 단점을 장점으로 봅니다. 그러니, 그저 쓰면 됩니다. 글과 관련된 책을 많이 읽고 아무리 훌륭한 가르침을 받아도, 스스로 글을 쓰지 않으면 소용없습니다. 글쓰기는 정직합니다. 많이 써본 사람이 잘 쓸 수밖에 없습니다.

이 책의 가치는 여러분 손에 달려 있습니다. 어느 것 하나라도 와닿는 부분이 있다면 컴퓨터 앞으로 달려가 글을 쓰시길 바랍니다. 글은 머리로 쓰는 것이 아니라 몸으로 익히는 것입니다. 여러분이 이 책을 통해 글을 써야 하는 동기를 찾아낼 수 있기를, 글을 쓸 수 있는 용기를 얻을 수 있기를, 글쓰기를 지속하게 하는 힘을 발견할 수 있기를 소망합니다. 그렇게 나와 마주하고, 또 다른 나를 찾아가고, 나답게 살아갈 수 있기를 소원합니다.

필사노트 1

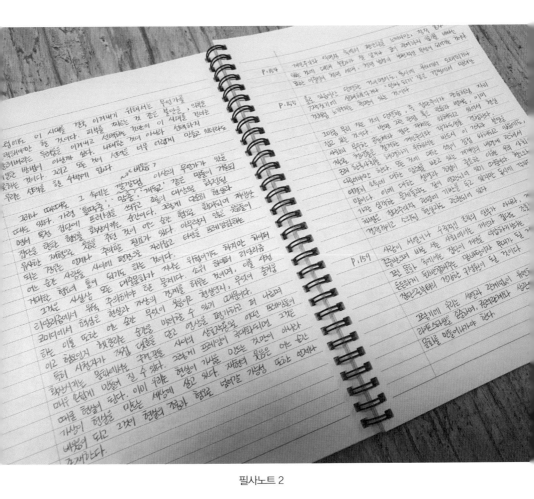

필사노트 2

목
차

1장

글쓰기는 나를 나답게 한다

2장

오롯이 나답게 쓰기가 어려운 이유

3장

나만의 언어를 찾는 9가지 방법

4장

나답게 살고 싶다면

1장

글쓰기는
나를
나답게 한다

나를 살리는 오롯한 글쓰기

글쓰기에는 치유의 힘이 있다. 그 말을 이해하기까지 쉽지 않은 길을 걸었다. 처음으로 내 아픔을 글로 썼을 때가 기억난다. 떠올리고 싶지 않은 일을 상기하면서 고통스러웠다. 그 고통을 온몸으로 견디며 "글쓰기에 무슨 치유의 힘이 있어? 거짓말."이라고 의심했다. 참 이상한 일은 고통에 몸부림치면서도 나는 계속 같은 장면을 글로 마주했다는 것이다.

아픔을 반복해 쓰다 보니 어느 날부터는 고통에 미세한 균열이 가기 시작했다. 이 과정을 거치며 내 삶에서 노려내고 싶은 아픈 기억을 글로 담담히 풀어놓을 수 있게 되었다. 허물을 벗고 날아오르는 나비처럼 나를 에워싸던 아픔을 글쓰기로 벗어낸 것이었다. 글쓰기는 어떠한 것으로도 해결할 수 없는 마음의 상흔을 치료해주었다.

글쓰기는 분노 조절에 도움이 된다. 나의 마음을 글에 풀어놓고 나면 화가 가족에게로 향하지 않았다. 그러나 분노에 차오른 글을 읽을 때면 마음이 안 좋았다. 분노는 받은 대로 되돌려주지 못해 쌓인 억울함이다. 눈에는 눈, 이에는 이처럼 받은 대로 돌려주면 속이 후련할까 싶지만 그렇지 않다. 스스로 안 좋은 영향을 주는 분노에 찬 글쓰기는 멈추는 것이 이롭다.

올해 겨울에서 봄으로 계절이 바뀌던 시기에 한 권의 책을 만났다. 그 책 덕분에 나의 분노 조절 방법은 글쓰기에서 몸 쓰기로 변했다. 그 뒤로 나는 분노가 일 때면 밖으로 나가 달리거나 수영장으로 간다. 나의 글쓰기도 어딘가 달라졌다. 날 힘들게 한 누군가의 일화를 쓰더라도 타인의 마음을 헤아리기 위해 노력하게 되었다. 글로 누군가를 악하게 만들면 안 된다. 많은 사람이 글에 타인을 등장시킬 때 부담을 갖는 이유다. 글을 쓰는 사람은 사유해야 한다. 여러 방향에서 두루 살피려는 시선만으로도 충분히 글쓰기에 도움이 된다.

해결하기 힘들 정도로 깊은 골짜기가 흐르는 인간관계가 있다. 글은 깊게 파인 인간관계의 골을 메워준다. 저마다 중요한 순간에 진심을 담아 편지를 써본 경험이 있을 것이다. 나 역시 진심을 전하고 싶을 때면 글을 쓴다. 글은 나를 치유하고 엉켜버린 인간관계를 풀어주는 신비의 묘약이다.

글이란 무엇일까. 글이 가진 힘은 도대체 얼마나 큰 것일까. 정신, 마음, 체력을 다해 글에 마음껏 토해내고 나서야 나는 비로소 알게 되었다. 글쓰기에 사람을 살려내는 힘이 있다는 것을. 글쓰기는 시들어 가던 나에게 물과 햇빛이 돼주었다. 그렇게 글쓰기는 십자가로 다가왔다. 글쓰기는 언제까지나 나를 살리는 방향으로 나아갈 것이라고 믿는다. 나는 쓸 때마다 오롯해진다. 이런 시간이 모이면 나답게 살아갈 수 있다.

나를 나답게 하는 한 문장

누군가는 변화를 온몸으로 겪으며 나아갈 방향을 조정하고 있지만, 누군가는
변화를 애써 무시하며 제자리걸음을 하고 있는 것이다. (p.288)

『AI 소사이어티』, 김태헌, 이벌찬 지음

글 쓰다가 마주한 떠오르는 해

2

뭉친 마음 글로 풀어내기

가끔 나는 글을 쓰지 않고서 못 배기는 날을 마주한다. 오늘이 그런 날이었다. 이미 나는 육아와 살림에 지쳐 있었다. 그럼에도 시간이 날 때마다 밤낮으로 책을 읽었다. 한동안 출간 준비로 책을 펼쳐볼 여유가 없었다. 독서에 갈증 난 것이었다. 무리하게 책을 읽다가 고단함에 잠시 누웠다. 얼마나 지났을까. 몇 분 지나지 않아 금방 자리를 털고 일어났다. 무언가 쓰고 싶은 것이 생각나서였다. 무거워진 눈꺼풀을 손등으로 비비고 컴퓨터 앞에 앉았다.

내가 글에 담아내고 싶었던 것은 마음 한구석에 뭉쳐진 감정 덩어리였다. 오전 7시부터 어머니에게 온 메시지 한 통에 종일 마음이 복잡했다. 좋으면서도 슬펐다. 양가감정을 수없이 오갔던 오늘이었다. 어머니는 내가 출간한 책을 읽어보았다며 왜 그렇게 눈물이 나는지 모르겠다고 했다. 집 근처 하천을 따라 10km를 넘게 걷고, 같은 옷을 여러 번 세탁했다고 덧붙였다. 어머니는 마음을 씻어내고 싶어서 그랬던 듯하다며, "내가 너에게 왜 그랬을까? 나도 나를 모를 때가 있어. 책이 잘되면 좋겠다." 하고 말씀했다.

나는 무슨 말을 해야 할지 몰라 답장 보내는 것을 미뤄두었다. 꼭 해야 할 일과를 마치고 나서야 어머니에게 "책 잘되어 가고 있어요." 하고 답했다. 가슴이 먹먹해진 나는 한동안 생각에 잠겨 아무것도 할 수 없었다. 그러다 어머니에게 다시 연락을 드렸다. "자식이 잘되지 않길 바라는 부모는 없잖아요. 제가 잘되길 바랐던 어머니의 마음 알아요. 같은 글을 수십 번, 어떠한 글은 백 번 이상 썼어요. 그 글들이 세상의 빛을 보고 사람들이 알아주니까 이제는 아픈 글을 더 쓰지 않아도 되겠어요. 저는 어릴 적부터 밝고 명랑했다고 어머니가 말씀하셨잖아요. 다음 책에는 밝고, 명랑한 글을 담고 싶어요. 제 책을 읽고 나서 글쓰기를 그만두라고 하실

줄 알았어요. 반대하지 않아주셔서 감사합니다. 낳고 키워주신 것만으로도 감사드리고 사랑해요." 하고 말이다.

나는 어머니와 주고받은 아픔을 첫 번째 책에 고백했다. 그래서 꾸지람을 받을 줄 알았는데 예상 밖의 이야기를 들었다. 어머니는 "그렇게 생각해줘서 고맙구나. 수아는 더 좋은 글을 얼마든지 잘 쓸 수 있어." 하고 말씀하는 것이었다. 그 말을 듣고 나는 어머니가 내미는 화해의 손길을 느꼈다. 서로 주고받은 상처는 고의가 아니었다. 서로 잘되기를 바랐던 마음에서 발생한 불협화음이다.

부모와 자식 사이에도 알지 못하는 삶이 있다. 그저 지나간 일은 받아들이고 서로 알지 못하는 그 너머의 삶을 이해하면 된다. 이해가 안 되면 굳이 애쓰지 않아도 된다. 대신 감사한 기억의 조각을 찾아 붙잡아야 한다. 그럼, 화해의 손을 잡을 수 있다. 내가 이 세상에 태어날 수 있었던 것은 어머니와 아버지 덕분이다. 부모님이 계셨기에 나라는 존재가 있다. 아픔과 슬픔, 기쁨과 행복, 좌절과 절망, 희망과 용기, 이 모든 것을 감각하며 살 수 있는 것이다. 내가 글을 쓸 수 있는 것도 부모님께서 존재하시기에 가능하다.

뭉친 감정은 평소보다 짙은 농도의 진솔함을 끌어낸다. 진솔함은 심연에서 들려오는 마음의 소리다. 내 마음이 내면에서 울려 퍼지다가 손끝까지 타고 흐른다. 이러한 글은 다른 사람의 마음을 흔드는 힘이 있다. 진솔함을 담아 글을 쓰다 보면 흩어진 마음이 한 갈래로 모인다. 오늘처럼 쓰지 않고서 못 배기는 날이면 나는 컴퓨터 앞에 앉는다. 뭉쳐진 나를 글에 고백하며 어지러운 마음을 잠재운다. 진솔하게 글을 썼던 날의 감각을 기억하고 익혀야 한다. 진솔한 글을 쓰는 능력은 이렇게 길러진다.

나를 나답게 하는 한 문장

미국의 소설가인 존 바스는 이런 말을 했다.
"모든 사람은 필연적으로 자기 자신이 써 나가는 삶의 이야기에서 영웅이
다." (p.301)

『무엇이 좋은 삶인가』, 김헌, 김월회 지음

읽고 쓰는 사람이라는 만족감

책을 읽을 때면 종종 마음에 스며드는 문장을 만난다. 하나의 문장이 나에게로 오면, 그 문장에 밑줄을 긋고 인덱스를 붙인다. 줄줄이 노트에 옮겨 적는다. 그러다 보면 옮겨 적은 문장에 내 의견이나 생각을 보태고 싶어진다. 이것은 하나의 글감이 된다. 어느 날, 나는 이것을 글로 쓰겠다며 컴퓨터 앞에 앉았다. 그런데 한 문장도 제대로 쓸 수 없었다. 글감을 발견했지만, 글을 쓰지 못하는 상황을 마주한 것이다.

내 의견과 생각을 펜으로 끄적일 수 있어도 컴퓨터 화면 속 백지에 활자화시키는 것은 다른 문제였다. 손으로 쓸 땐 떠오르는 대로 쓰면 그만이었다. 이유는 알 수 없지만, 나는 백지 위에선 한 줄이라도 완성된 문장을 써야 한다고 여겼다. 몸에 힘이 들어가 있었다. 그 당시의 내게 완성된 문장이란 주어로 시작해 '다'로 끝나는 것이었다.

처음으로 한 문단을 쓸 때 나는 3~5시간이 걸렸다. 엉덩이가 아파야지만 세 줄에서 다섯 줄 정도의 문단을 겨우 완성했다. 그러니까 한 줄 쓰는 데 한 시간이 걸린 셈이다. 하나의 문단을 완성하고 보상처럼 주어진 것은 뿌듯함이었다. 뿌듯함은 내일 다시 나를 컴퓨터 앞에 앉게 했다. 이것이 아니더라도 키보드 위에 손을 올리고 있는 내 모습이 그저 좋았다. 그러다가도 '내가 지금 뭐 하고 있는 거지?', '이 시간에 다른 것을 했더라면 더 많은 일을 할 수 있었을 텐데.'라는 생각에 헛헛함이 올라왔다.

그런 내 모습이 한심해 부아가 난 나머지 맥주를 들이켜기도 했다. 제대로 된 문장을 쓰지 못하고 컴퓨터 앞에서 시간만 보내는 내가 몹시 싫었다. 이런 날들을 반복하며 한 문장에서 한 문단으로, 한 문단에서 두 문단으로, 두 문단에서 서너 문단으로, 조금씩 나아갔다. 하나의 문단을 더 쓸 수 있게 된 날은 기분이 날아갈 듯 좋았다. 그런 날은 아이들에게 천사표 엄마가 되었다. A4 한 장을 채우게 된 날은 배달 음식을 시켰다. 캔맥주를 마시며 성공을 자축했다. 첫째와 둘째에게 "엄마가 이렇게나 글을 많이 썼어." 하고 말하면 두 아이의 입가에 미소가 번졌다.

에세이 한 편을 쓸 때도 짧게는 5~6시간이 걸렸고, 길게는 며칠이 흘렀다. 이렇게 1년을 보내고 나니 2~3시간이면 한 편을 글을 완성할 수 있었다. 글을 쓰기 시작하고 나는 1년간 크게 발전했다. 글감이 없어도 주 5일 시간이 날 때마다 컴퓨터 앞에 앉으려고 노력한 결과다. 매주 1~2편의 글을 완성하려고 애쓴 덕이다.

독서도 마찬가지다. 나는 늘 책을 들고 다녔다. 한 장이라도 좋으니 매일 글을 읽으려고 했다. 학교와 학원 근처에서 아이를 기다리는 단 몇 분에도 책을 펴들었다. 정말이지 2~3분마저도 시간이 없을 땐 들고 나간 책을 도로 들고 돌아오는 날도 숱했다. 지금도 그때와 크게 달라진 것은 없다. 그러나 나날이 쌓인 독서는 1년 뒤 스스로 느낄 만큼 나를 성장시켰다. 하루 한 장 읽는 것이 별것 아닌 듯해도 사계절을 지나면 눈덩이처럼 불어난다.

독서와 글쓰기는 보통 체력과 정신력이 들어가는 것이 아니다. 난독증을 극복하면서 나는 매일 5시간씩 두 달을 의자에 앉아 책을 부여잡고 끙끙거렸다. 그로 인해 독서를 처음 시작했을 때부터 체력과 정신력이 많이 들어간다는 것을 체감했다.

힘들이지 않고 책을 읽고 글을 쓰는 사람들도 있다. 그러나 중노동이라고 할 만큼 품이 든다고 말하는 사람도 많다. 독서와 글쓰기가 노동으로 느껴질 때 비로소 나는 쓰는 근력이 붙었다는 것을 감각했다. 이러한 시간이 쌓이면 읽고 쓰기가 수월해진다. 그때부터 재미가 들린다. 여기서 더 시간이 지나면 다시 노동으로 다가오는 순간이 온다. 노동과 재미가 느껴지는 과정을 반복하며 읽고 쓰는 근력을 길렀다.

내 영혼과 잘 맞는 책을 만나면 머리가 뜨거워진다. 나도 모르는 사이 책 속으로 빨려 들어간다. 몰입한 나머지 작가의 세계에 퐁당 빠져버리는 것이다. 글쓰기도 이와 다르지 않다. 나의 세계에 푹 빠지면 시간 가는 줄 모르고 글을 쓴다. 글을 다 쓰고 나서 내가 이렇게나 긴 시간을 앉아 있었다는 사실에 놀라곤 한다. 긴 호흡으로 글을 쓰고 나면 에너지 소모가 크다. 몸에서 기가 빠져나가 허기진다. 무언가라도 입에 넣지 않으면 안 되는 상태가 된다.

나는 책을 읽다 보면 글이 쓰고 싶어진다. 한참 무언가 쓰고 나면 책을 읽고 싶다. 독서와 글쓰기는 서로 끌어당기는 자석 같다. 나는 육아와 살림을 제외한 모든 시간에 책을 읽고 글을 쓴다. 어딘가로 이동하는 중에도 글감을 생각한다. 시선에 들어오는 모든 것을 관찰한다. 틈새 시간을 이용해 독서하고 정해놓은 시간이 되면 컴퓨터 앞에 앉아 글을 쓴다. 한바탕 독서와 글쓰기에 빠졌다가 나오면 몸은 너덜거려도, 내 마음만은 알이 꽉 들어찬 알밤처럼 단단하다.

어느 순간부터 소모됨과 즐거움을 오가며 읽고 쓰기를 지속하다 보니, 신기하게도 무언가 채워지는 날도 찾아왔다. 그 무엇은 힘들어도 글을 읽고 썼다는 만족감에서 비롯된 내면의 풍요다. 책과 글에 중독성이 있다고 느낀 것이 이 시기쯤이었다. 독서와 글쓰기가 내 삶으로 들어온 순간을 맞이한 것이다. 이렇게 나는 읽고 쓰는 사람이 되어갔다. 이제는 내 삶에서 책과 글을 분리할 수 없다. 개인차는 있겠지만, 이렇게 약 1년에서 3년을 보내고 나면 읽고 쓰는 삶을 살게 된다.

글쓰기의 영감이 되어준 책들

나를 나답게 하는 한 문장

"우리는 원하는 곳에 갈 수 있고, 원하는 대로 될 자유가 있다." (p.92)

『갈매기의 꿈』, 리처드 바크 지음

읽고 쓰는 태도

나에게 도착한 선의의 거짓말에 호구가 된 듯한 기분으로 며칠을 보냈다. 선의의 거짓말을 보낸 사람은, 언젠가 내게 글쓰기를 지도해준 작가 중 한 명이다. 그가 한 말이 머릿속에 맴돌아 씁쓸했다. 답을 찾고 싶었다. 나는 지푸라기라도 잡고 싶은 심정으로 인터넷 검색창에 '선의의 거짓말'을 입력했다. 누군가 써 놓은 선의의 거짓말에 대한 이러저러한 글을 읽었다. 그러다 법륜 스님 영상을 보게 되었다.

어느 중년 여성이 법륜 스님께 질문했다. "선의의 거짓말이 좋은 건가요? 나쁜 건가요? 좋지도 나쁘지도 않다면 선의의 거짓말은 어떠할 때 사용하는 게 맞나요?" 하고 말이다. 법륜 스님은 구체적으로 내용이 무엇인지 봐야 한다고 했다. 그러면서 "첫째, 선의의 거짓말이 되었든 아니든 안 하는 게 좋아요. 딱 바른말을 한다고 상대편에게 좋은 게 아닌 경우가 있습니다. 그럴 땐 한시적으로 어쩔 수 없이 서로를 위해서 거짓말을 할 수가 있어요." 하고 말씀하는 것이었다. 이어서 "선의의 거짓말이다. 악의의 거짓말이다. 이런 말을 쓰면 안 돼요. 그러니까 거짓말을 하지 않는 게 좋은데, 바른말을 사실대로 말하기 어려울 때가 있어요." 하고 덧붙였다.

법륜 스님의 말씀을 듣고 그가 '자신과 나를 위해 거짓말을 한 것인지'를 곱씹었다. 그는 내게 사실을 말하기 곤란해서 선의로 거짓말했을 것이다. 난 그에게 어떠한 사람이었을까. 우리가 함께한 시간을 돌아보았다. 나는 그에게 늘 진심이었다. 그럼에도 어쩌면 그는 나의 어떠한 언행으로 인해 심기가 불편했을지도 모른다. 그렇지 않더라도 이유 없이 내가 비호감이어서 싫었을 수도 있다. 때로 사람은 특별한 이유 없이 누군가를 싫어하기도 하니까.

주머니 사정이 어려울 때도 나는 그를 생각했다. 과자 값 정도의 돈이라도 생기면 그에게 몇 번 주었던 적이 있다. 생활이 어렵다고 했던 그의 말을 지나치지 못하고 건넨, 나의 마음이었다. 그가 내 마음을 꼭 알아주어야 하는 것은 아니다. 하지만 진실을 알고 싶어 하는 사람에게는 사실을 말해주어야 한다. 진실을 알고 나서 마음이 상하고 아니고는 그다음 일이다. 감정은 그저 서로가 감당해야 할 몫이다. 무엇보다 나는 그가 한 선의의 거짓말에서 날 위하는 마음을 느끼지 못했다.

질문에 대답하기 곤란하면 "그럴 만한 사정이 있었어요."라고 하는 것이 낫다. 그럼, 답변을 기다리는 사람도 '그럴 만한 사정이 있었겠구나.' 하고 이해할 수 있다. 법륜 스님 말씀대로 선의든, 아니든 거짓말은 절대로 하지 말아야 한다. 선의의 거짓말은 상대방을 초라하게 만든다. 이 일은 나의 독서와 글쓰기에 영향을 미쳤다. 읽고 쓰는 마음에 중요한 것을 꼽으라고 하면 3가지를 말하겠다.

하나, 작가에 대한 의심을 거두고 책에 쓰인 그대로를 받아들일 것
둘, 진솔한 글을 쓸 것
셋, 사람과 상황을 글로 포장하지 않을 것

이것은 나의 읽고 쓰는 태도가 되었다. 나탈리 골드버그는 작가와 작품은 별개라고 했다. 그러나 자신의 삶을 글로 쓰는 사람이라면 거짓됨은 없어야 한다. 그 어떠한 것도 글로 미화시키면 안 된다. 진솔하지 못한 글은 독자에 대한 기만이다.

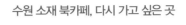
수원 소재 북카페, 다시 가고 싶은 곳

나를 나답게 하는 한 문장

잡문 하나를 쓰더라도, 허튼소리 안 하길, 정직
하길, 조그만 진실이라도, 모래알만 한 진실이라
도, 진실을 말하길, 매질하듯 다짐하며 쓰고 있
지만, 열심이라는 것만으로 재능 부족을 은폐하
지는 못할 것 같다. (p.216)

『모래알만 한 진실이라도』, 박완서

몸으로 익히는 글쓰기

작년 봄과 여름은 어떻게 지나갔는지도 모를 만큼 바쁘게 살았다. 책을 출간해야겠다고 마음을 먹은 날 이후부터 하루에 3시간 이상 자본 적이 없다. 글을 꾸준히 써왔지만, 책 쓰기는 다른 일이었다. 나는 집필과 출간 과정에서 여러 번 벽에 부딪혔다. 그리고 한계를 넘어섰다. 해내고야 말겠다는 의지력이 빚어낸 결과였다.

나는 평소에도 열정적이라는 소리를 자주 듣는다. 여기에 더해 어느 때보다도 하얗게 불태웠다. 그 결과는 세 달간 세 권의 원고 집필, 단행본 출간까지 6주라는 시간으로 나타났다.

세 번째 원고는 2022년 6월 2일에 쓰기 시작해 완성까지 18일이 걸렸다. 여덟 번의 퇴고와 한 번의 탈고 후 예약 판매를 진행했다. (퇴고는, 글을 지을 때 여러 번 생각해 고치고 다듬는 것이다. 탈고는, 원고 쓰기를 마쳤다는 뜻이다.) 원고는 같은 해 8월의 어느 날『외로움을 마주하는 자세』라는 제목으로 출간되었다. 책 제목은 그간 살아오며 지녀온 내 삶의 태도다.

2주간 예약 판매를 위해 나는 홍보용 가제본 1,800부를 만들어 돌렸다. 3년간 매해 365일 중 300일 이상 글을 써왔다. 그런데 예약 판매를 하는 동안 처음으로 글을 손에서 놓고 지냈다. 가제본 만들 시간이 부족해서였다. 정말이지 하루에 한 시간 자는 것도 아까웠다. 거실에 있는 소파에서 쪽잠을 자며 보냈다. 누가 시켜서 한 것은 아니다. 책 한 권을 출판하는 데 드는 비용이 약 1,000만 원이라고 한다. 나는 인맥이나 인지도가 없는 사람이다. 책이 잘 팔릴 리 만무하다. 출판사에 빚진 마음을 조금이라도 갚기 위해 자발적으로 벌인 일이다.

예약 판매를 마치고 애쓴 나를 위해 2박 3일간 짧은 휴가를 다녀왔다. 그제야 정신이 좀 차려졌다. 휴가를 마치고 집에 도착한 날 아이의 담임 선생님께 문자가 왔다. 내일이 개학이라는 안내였다. 여름방학이 언제 왔다 갔는지도 몰라 당황스러웠다. 나는 서둘러 아이와 벼락치기로 어설 프게나마 방학 숙제를 끝냈다. 아이의 등교 준비를 마치고 나니 새벽 1시 였다.

가족이 모두 잠든 밤, 고요함을 뚫고 풀벌레 우는 소리가 들려왔다. 정 겨운 소리에 이끌려 마당으로 나갔다. 공기가 쌀쌀했다. 가을이 오고 있 는 듯했다. 방구석에서 원고를 고치고 홍보에 열을 올리는 동안 여름이 가고 있었다. 시골의 계절은 도시보다 약 2주 정도 빨리 온다. 나는 집으 로 들어가 긴 팔 점퍼를 걸치고 다시 마당으로 나갔다. 한쪽에 놓아둔 의 자에 앉아 하늘을 올려다보았다. 밤하늘을 보고 있자니 출간 과정을 거 치며 쏜살같이 흘러간 나날이 스쳐 지났다.

그간 가장 많이 쓴 글은 지나온 삶에 대한 나의 아픔이었다. 마음 깊은 곳에 묻어놓은 아픔을 글로 꺼내어놓았던 날이 기억난다. 수년간 덮어놓 은 아픔을 글로 마주하는 것은 힘겨운 일이었다. 아직도 그날들이 생생하다. 오랫동안 나를 돌보고 살지 않아서 스스로 괜찮지 않은 것도 알지 못했다.

내 이야기를 세상으로 꺼내 놓으며 쓰는 사람으로서 임무와 책임을 다 하고자 애썼다. 그것은 나의 글로 인해 누군가를 아프게 하지 않는 것이 었다. 최선을 다해 글을 도정했다. 세상의 빛을 본 그 글들은 다시 나에 게로 귀착되었다. 내 글을 읽고 누군가 보여준 관심과 사랑은 상처 위에 연고가 되어 내려앉았다. 지금의 나는 아픔에서 벗어나 나아가는 글쓰기 로 한 걸음씩 내디디고 있다.

내가 돌린 홍보용 가제본을 받아본 분들 덕분에 감사하게도 예약 판매 목표를 달성했다. 내 책이 교보문고 강남점 '신간 에세이' 매대 위에 겉표 지가 보이게 놓였다. 독자의 평가를 기다렸다. 어떠한 말이라도 좋으니 무관심만은 아니길 바라는 마음으로 독자의 응답이 오기만을 기도했다. 다행히도 몇 개의 평이 긍정적이었다.

혼이 쏙 빠질 정도로 달콤한 꿈을 꾼 듯했다. 나의 자리로 돌아갈 시간 이었다. 나는 엉덩이에 쥐가 날 때까지 앉았던 컴퓨터 의자에 다시 앉았다. 출간만을 바라보고 달리느라 차올랐던 숨이 새로운 글을 쓰기도 전에 몰려나왔다. 나는 성스러운 마음으로 자판 위에 두 손을 가지런히 올렸다. 몇 시간이나 흘렀을까. 한바탕 글쓰기를 하고 나니 살 것 같았다. 긴긴 여행을 마치고 집으로 돌아온 기분이었다.

나의 작업실은 에어컨이 없는 주택의 가장 끄트머리 방이다. 여름이면 후덥지근해 손바닥이 땀으로 끈적끈적해진다. 외벽이라 겨울엔 온기가 잘 돌지 않는다. 158cm인 내 몸 하나 앉을 만한 크기의 의자와 10년을 훌쩍 넘긴 컴퓨터가 있다. 환경이 어떠하든 나만의 공간이 주는 안온함이 있다. 나를 온전히 글에 풀어놓을 수 있는 안전한 곳이다. 이곳에서 나는 글을 쓰며 새로이 태어났다. 글쓰기는 잃어버린 나를 되찾아주었다. 나다운 모습으로 살 수 있게 해준 구원의 빛이다. 수동적이었던 나는 능동적으로 변했다. 나는 여전히 쓰는 감각을 몸으로 익히며 새롭게 이야기를 지어나가고 있다. 글을 쓸 수 있는 이 공간과 지금을 사랑하지 않을 수는 없다.

무슨 글을 써야 할지도, 글을 쓸 수 있는 시간이 얼마나 있는지도, 알지 못하면서 컴퓨터 방문을 열면 자동으로 의자에 앉게 된다. 머리로 생각하고 가슴으로 느끼기 전에 내 몸이 먼저 반응한다. 몸으로 익힌 감각은 이렇게나 무섭다. 만약, 내가 치매에 걸려 기억을 잃어버린다고 해도 컴퓨터 앞에 앉아 글을 썼던 몸만은 기억할 것이다. 내가 쓰는 몸이 되었다는 것을.

머리보다 몸이 먼저 움직이는 경험을 해본 사람은 안다. 기억은 머리로만 할 수 있는 것이 아니라는 것을 이해한다. 몸으로 익힌 감각은 오랜 세월 그림자가 되어 따라다닌다. 그림자는 낮에는 보이지 않을 뿐 늘 우리와 함께 있다. 그러니 글을 쓰겠다고 마음먹었다면 몸이 알 수 있을 때까지 지속해야 한다.

나는 쓰는 감각을 몸으로 익히기 위해 무한 삽질을 했다. 꼭 물길을 찾아내고야 말 것이라는 마음으로 끝이 보이지 않는 구덩이를 파 내려갔다. 무식하게 보일지 모르겠지만 글쓰기는 정직해서 삽질이 통한다.

나는 컴퓨터 앞에 앉으면 한 줄이라도 쓰기 전엔 자리에서 일어나지 않는다. 미흡하더라도 한 편의 글을 완성하려고 노력한다. 글이 완성되면 하루나 이틀 묵힌다. 완성하지 못했다면 시간 간격을 두고 이어서 쓴다. 글을 이어서 쓸 땐 큰 공백을 두지 않는다. 공백이 클수록 문단과 문단 간의 온도 차가 발생하기 때문이다. 글을 쓰기 시작한 지 얼마 되지 않았다면 실력이 갖춰지기 전까진 공백 없이 쓰는 것이 좋다. 글쓰기가 몸에 익으면 공백과 상관없이 일정한 온도로 쓸 수 있게 된다.

　며칠 묵힌 글을 나는 낭독하며 퇴고한다. 누군가는 한두 번만으로도 탈고한다. 그러나 이 경지에 오르지 못했다면 글을 묵히고 퇴고하는 과정을 거듭해야 한다. 이만하면 되었다는 느낌이 들 때까지 지속한다. 그다음, 완성된 글을 SNS에 올린다. 누군가 눌러주는 공감 표시 하나, 누군가 달아주는 댓글 한 줄에 의지하며 읽고 쓰는 감각을 몸으로 익혀 나간다. 무식한 방법이라고 얕보면 안 된다. 머리로는 알아도 몸에 익을 때까지 실천하기란 쉬운 일이 아니다.

나의 작업 공간

나를 나답게 하는 한 문장

"네게서 미래를 느끼고 싶었던 거야. 행복하게 가슴이 저리는 건 느끼고 싶었던 거야."

『명랑한 은둔자』, 캐럴라인 냅 지음

1. 나만의 언어로 1장 "글쓰기는 나를 나답게 한다"를 요약해 보세요.

----

2. 꼭 기억하고 싶은 한 구절을 적어보세요.

2장

오롯이
나답게 쓰기가
어려운 이유

글쓰기를 지탱하는 것

언젠가 나는 집 근처 책방에서 하는 글쓰기 모임에 들어갔다. 혼자 글을 써오며 자신감이 붙은 상태였다. 그런데 이게 무슨 상황인지. 글을 못 쓴다고 무시당하는 것이 일이었다. 책을 여럿이서 함께 짓는 공저를 만드는 모임이라 더 눈치를 받았다. 모임 일원은 기자를 준비했던 사람, 지역 협회 칼럼을 썼던 사람, 공저나 단행본을 출간한 사람, 10년 넘게 일기를 써온 사람 등 나와는 비교할 수 없었다. 그들은 이미 글쓰기에 근력이 붙은 사람들이었다.

나는 글을 잘 쓴다는 말을 꼭 듣고야 말겠다고 다짐했다. 그렇게 1년을 오기로 글쓰기에 달려들었다. 그러다 어느 정도 쓸 줄 안다는 말을 듣게 되었다. 그렇게 나는 오기와 멀어졌다. 글 쓰는 동기가 충족된 것이었다. 그때, 나는 글쓰기를 손에서 놓아버렸다. 목표를 이루었으니 더는 글을 쓸 이유가 없었다. 쓰는 것이 얼마나 힘든 일인지. 글쓰기를 접고 싶은 마음도 있었다.

　글을 쓰지 않으니까 시간이 여유로웠다. 이틀 동안 신나게 놀았다. 그런데 날이 갈수록 가슴이 답답했다. 의욕과 식욕이 없었다. 잠도 오지 않았다. 나는 불면증에 시달리다가 시름시름 앓기 시작했다. 몸살이 난 것이었다. 약을 먹고 전기장판 위에 누웠다. 무언가 쓰고 싶었다. 힘든 글쓰기가 왜 그리도 하고 싶은 것인지 알 수 없었다. 서러운 일을 당한 것도 아닌데 눈물이 고였다. 나는 눈물을 닦아내고 다시 잠을 청했다. 하지만 새벽 4시가 되도록 잠을 잘 수 없었다. 결국 자리를 털고 일어났다. 오한으로 떨려오는 몸을 무릎까지 오는 패딩점퍼로 감싸고 컴퓨터 앞에 앉았다. 괜히 내 모습이 처량했다. 자판 위에 엎어져 길 잃은 어린아이처럼 펑펑 울었다. 마음에서 솟구쳐 오르는 무언가를 써 내려가면서도 눈물이 멈추지 않았다. 글쓰기를 내려놓을 수 없다는 것을 알았다. 이미 나는 쓰는 몸이 되어가고 있었다. 이런 나를 위해서 다시 글을 써야겠다고 마음을 바꿨다. 거짓말쟁이라고 해도 하는 수 없었다.

누구나 쓰는 것을 포기하고 싶은 순간을 마주한다. 나는 지금도 글 쓰는 것이 힘들다. 글이 안 써지면 괴롭다. 아무것도 쓸 수 없을 땐 고통스럽다. 삶에 치이면 쓰고 싶은 욕구가 꺾인다. 이럴 때면 나는 글 쓰는 이유를 떠올린다. 동기가 없으면 무언가 지속하기 어렵다. 지금의 나는 나와 타인을 위해 글을 쓴다. 내 글을 읽어주는 사람이 단 한 명이라도 있다면 마음에서 들려오는 소리를 따라 계속해서 글을 쓸 것이다.

글로 마음껏 나를 표현하는 자유로움이 좋다. 자신을 표현하는 방법은 다양하다. 운동, 그림, 악기 연주, 요리, 노래, 만들기 등. 그 외에 수많은 표현법이 있다. 표현은 나를 드러내는 행위다. 한 사람을 드러내는 데 가장 탁월한 도구는 글쓰기다. 나에게 관심을 기울여달라고, 나의 이야기를 들어달라고, 나의 마음을 알아달라고 하는 묵언의 아우성이 많은 사람을 글쓰기로 이끌고 있다. 당신에게 묻고 싶다. "왜 글을 쓰고 싶은가요?" 각자도생의 시대에 무엇으로도 위로받을 수 없는 외로움을 글쓰기로 벗어낼 수 있기를 바란다.

글쓰기의 샘물이 되어주는 책들

나를 나답게 하는 한 문장

당신이 무엇을 하느냐는 중요하지 않다. 그 일을 왜 하고 있느냐가
중요하다. (p. 186)

『마음 가면』, 브레네 브라운 지음

2

글을 쓰지 못하고 있다면

글을 쓴다는 것은 시간이 많고 적음과 상관없다. 무언가를 쓰고 싶은 욕구의 차이가 글을 쓸 수 있게도 없게도 한다. 욕구는 동기와 관련 있다. 쓰고 싶은 욕구가 없다면 글쓰기의 동기를 점검해야 한다. 직장인은 무직인 사람보다 시간적인 여유가 현저히 적을 수밖에 없다. 그러나 누군가는 직장을 다니면서도 글을 쓰고, 누군가는 시간이 아무리 많아도 글을 쓰지 않는다. 내가 수많은 글쓰기 관련 책과 경험을 통해 알아낸 사실이다.

이제부터라도 내 이야기를 쓰겠다며 과감히 퇴사한 사람들이 있다. 퇴사 전, 그들은 시간이 많으면 글을 원하는 대로 쓸 수 있겠다고 여긴다. 그러나 퇴사 후 한동안 글을 쓰지 못했다고 하소연하는 사람이 많다. 이유는 마음이 잡히지 않아서다. 퇴사로 인해 생활이 불안정하면 초조해진다. 생활고를 겪을 만큼 경제적으로 힘들다면 아르바이트를 알아보는 것이 이롭다. 액수와 상관없이 돈이 고정적으로 들어오면 불안감은 낮아진다.

직장인일 땐 출퇴근 시간이 정해져 있다. 이것은 자연스레 하루의 루틴이 된다. 그 루틴이 사라지고 나면 프리랜서—전업 작가—로서의 루틴을 만들어야 한다. 직장을 다닐 땐 출근 전이나 퇴근 후에 글을 쓸 수 있다. 프리랜서—전업 작가—가 되고 나서는 혹은 전업 작가가 되기 위해서는 글 쓸 시간을 미리 정해놓을 필요가 있다. 그래야 한 자라도 무언가 쓰게 된다. 루틴은 하루아침에 만들어지지 않는다. 이때 가장 요구되는 것이 의지력이다. 글쓰기 루틴은 확률적으로 쓰는 근력을 붙여 나갈 가능성을 높여준다. 루틴에 따라 매일 규칙적으로 글쓰기를 생활화하기 때문이다.

시간을 정해놓아도 영감이 떠오르지 않거나 글감이 없으면 쓰지 못한다. 이럴 땐 주의를 기울여야 한다. "시간 많으니까 영감이나 글감이 떠오르면 그때 써야지."라는 생각을 경계하는 것이다. 그렇지 않으면 한 편의 글도 아니 어쩌면 한 줄도 쓰지 못하고 하루가 지나가 버리기 십상이다.

내 일상은 초등생인 두 아이를 기준으로 늘 비슷하게 돌아간다. 아이의 학교와 학원 등하교를 돕고 매끼를 차려 먹은 후 식기를 정리하는 것이 하루의 중심이다. 그 외 매일 빨래를 두 번 돌리고 바닥 청소를 한다. 두 아이의 숙제를 봐준다. 이 생활 중 글 쓸 시간은 정해져 있다. 나는 두 아이가 학교에 가 있는 오전 시간과 저녁 먹은 후에 글을 쓴다. 진득하게 앉아서 쓰고 싶은 욕구가 치솟을 때면 밤을 지새운다. 다음 날 피로라는 지옥에 떨어져야 하지만, 아무에게도 방해받지 않고 글을 쓸 수 있는 혼자만의 새벽을 사랑한다.

죽이 되든 밥이 되든 정해진 시간이 되면 일단 컴퓨터 앞에 앉는다. 한 줄도 쓰지 못하는 한이 있더라도 나는 무조건 정한 시간을 채운다. 이러한 날을 지나왔기에 컴퓨터 앞에 앉으면 무언가를 쓸 수 있다. 여기에는 비밀의 열쇠가 있다. 그것은 메모하는 습관과 독서다. 나의 메모장에는 글감이 들어 있다. 메모장에서 글감을 찾지 못하면, 책장 앞에 서서 온갖 책을 뒤적인다. 그렇게 나는 글감이 될 만한 문장을 책에서 건져 낸다.

내 침대 머리맡에는 한 권의 책이 있다. 나탈리 골드버그의 책『뼛속까지 내려가서 써라』다. 잠들기 전 자주 펼쳐보는 책이다. 어느 날, 이 책을 읽다가 누구나 글이 안 써지는 상황을 마주한다는 것을 알게 되었다. 나탈리도 나처럼 글을 쓰지 못했던 시절이 있었다. 그럴 때면 나탈리는 친구에게 전화를 걸어 일주일 뒤 글을 보여주겠다고 약속했다. 무언가를 쓰지 않으면 안 되는 상황을 만든 것이다. 나탈리는 아침에 세수도 하지 않은 채 책상으로 달려가기도 하고, 오전 10시부터 이유를 막론하고 펜을 잡았다고 한다. 그렇게 글의 질보다 양에 집중하며 정해놓은 분량을 쓰려고 노력했다.

"게으름을 물리치고 글쓰기 작업에 들어가는 방법을 만들어내는 일은 아주 중요하다. 이 방법을 찾아내지 못한다면 설거지가 이 세상에서 가장 중요한 일이 되어버릴지도 모른다. 또 무엇이든 글을 쓰지 못하게 만드는 핑계를 잡아 수시로 옆길로 새게 될지도 모른다." (p.55)
            —『뼛속까지 내려가서 써라』, 나탈리 골드버그 지음

글을 쓰지 못하는 이유는 그만큼 절박하지 않다는 뜻이다. 핑계, 변명, 자기 합리화는 내려놓아야 한다. 무언가 쓰고 싶다면 글을 쓰게 하는 환경을 만들어야 한다. 하찮아 보이는 것일지라도 메모하는 습관을 들인다. 영감이 오길 기다리지 말고 찾아 나선다. 독서는 하나의 영감 활동이다. 책을 붙잡고 문장에 매달리며 행간을 오간다. "제발 글감을 주세요." 하고 온갖 구애를 펼치다 보면 글감이 도착하는 신기한 일이 벌어진다.

시간적 여유가 있다면 독서 외 다른 영감 활동을 하는 것이 좋다. 미술 관람, 음악 감상, 뮤지컬 관람, 영화 감상, 드라마 시청, 타인과의 대화, 자연과의 만남, 낯선 장소와의 조우 등 모든 것이 영감을 불러일으킨다. 누구나 글이 써지지 않는 시기가 있다는 것을 잊지 말자. 나탈리 골드버그처럼 자신을 달래가며 글이 안 써지는 시절을 잘 건너야 한다.

용인시 소재, 글쓰기 좋은 카페 라미르

나를 나답게 하는 한 문장

내가 기꺼이 경험하고자 할 때 내 마음은 열리고 팽창하게 된다. (p.68)

『나를 사랑하는 방법』, 게이 헨드릭스 지음

3

글쓰기를 지속하는 힘

한 권의 책을 완독하면 요약정리 후 독후감을 쓴다. 시간과 품이 보통 들어가는 것이 아니다. 에세이도 마찬가지다. 처음 글 한 편을 완성할 때 5~6시간이 걸렸다. 한 편, 한 편의 독후감과 글이 무척 소중해서 열심히 SNS에 올렸다.

글을 온라인 세상에 올리려면 장소를 정해야 한다. 언젠가 나도 온라인 어딘가에 글을 올릴 만한 곳을 찾았다. 한때 육아용품과 소형 가전제품 체험단을 하며 블로그를 운영한 적이 있었다. 돈 천 원 때문에 돌쟁이 아이를 유모차에 태우고 4시간을 걸었던 날 이후 체험단을 시작했다. 책을 읽고 글을 쓰기 시작하면서 과감히 체험단과 블로그 운영을 중단했다. 그래서인지 블로그에 글을 올리고 싶지 않았다.

글을 어디에 올릴지 고민하다가 카카오에서 제공하는 브런치 플랫폼을 선택했다. (지금은 인스타그램, 페이스북, 브런치에 글을 올리고 있다.) 티스토리에도 올려보았지만, 글쓰기 플랫폼으로 브런치만 한 것은 없었다. 브런치에는 나처럼 에세이를 쓰는 사람이 많다. 다른 누군가의 삶이 담긴 글을 읽는 재미가 쏠쏠하다.

글을 브런치에 올리기 시작했을 무렵이었다. 누군가 읽어줄 것이라는 기대감으로 설렜다. 브런치 작가라는 호칭도 멋져 보였다. 다만, 브런치 작가가 되려면 심사를 통과해야 한다. 그래야 브런치에 글을 올릴 수 있는 자격이 주어진다. 나는 탈락이라는 고배를 세 번 마신 후 네 번째 심사에 통과했다. 글을 올리면 누군가 공감을 눌러준다. 그게 너무나도 고맙다. 내 글을 읽어주는 사람이 있다는 것은 쓰는 사람에게 큰 힘이다.

공감 표시 하나가 찍힐 때마다 나는 새로운 글을 빨리 쓰고 싶어서 견딜 수 없었다. 한 편, 두 편, 세 편, 네 편… 글이 쌓여 갈수록 공감 표시도 늘어갔다. 댓글을 날아주는 사람도 생겼다. 그러던 어느 날 문득, 내가 왜 글을 쓰는 것인지 몰랐다. 결국 글쓰기를 접어버렸다. 그때, 브런치 계정도 몇 번이나 삭제하고 다시 만들었다. 지금 계정이 세 번째다. 브런치 심사를 거쳐야 함을 알면서도 다시 만든 이유는 중요한 것을 깨달아서였다. 그것은 사람들과의 연대다. 누군가 나의 독자가 되어주고, 나 역시 누군가의 독자가 되었던 연결고리가 계속 글을 쓰게 하는 동력이 되어준다는 것을 뒤늦게 알았다.

　다른 작가의 북토크와 글쓰기 특강을 많이 들어보았다. 코로나19 창궐로 ZOOM이 활성화돼서 가능한 일이었다. 작가 중 다수가 글을 꾸준히 쓸 수 있는 비결에 대해 '독자'를 강조했다. 독자를 만들라는 것이다. 그 말을 머리로는 이해하면서도 그땐 체감하지 못했다. 브런치 계정을 삭제하고 다시 만들며 절절히 느낄 수 있었다.

　브런치는 나와 세 명의 사람을 연결해주었다. 그들과 3년째 인연을 이어오고 있다. 나의 가장 오래된 독자다. 내가 쓰는 사람으로 성장하는 과정을 지켜본 분들이기도 하다. 출간 소식을 알린 날, 그들은 진심으로 기뻐해주었다. 덕분에 출간 과정의 고됨이 눈 녹듯 녹아내렸다. 단행본을 출간하고 나서 독자가 조금 더 늘었다. 그들은 글이 올라오면 공감을 눌러주는 것으로 날 응원해준다. 일주일에 두어 번 SNS로 "글 잘 읽고 있어요.", "글 써주셔서 감사합니다.", "힘이 되는 글이에요.", "위로받고 갑니다." 하는 메시지를 전해 받는다.

내 글을 읽어주는 사람이 단 한 명이라도 있고 없고의 차이는 실로 크다. 힘들어도 계속 글과 책을 써야겠다는 마음을 먹게 하는 것도 독자 덕분이다. 독자와의 소통은 글쓰기 가속 페달이다. 글쓰기의 동기가 약하거나 없다면 꼭 독자를 찾아 나서야 한다. 온라인 세상 어딘가에 아지트를 만들고 글을 쏘아 올리는 것이다. 자기 검열은 필요 없다. 스스로는 못 썼다고 여길지 몰라도 읽는 사람마다 받아들이고 느끼는 지점이 각기 다르다. 글에 대한 평가는 독자에게 맡긴다.

처음엔 반응이 없을 수도 있다. 그럼에도 굴하지 않고 무반응을 견디며 글을 쏘아 올린다. 글을 꾸준히 올리다 보면 누군가는 알아줄 날이 분명히 올 것이다. 견디는 시간이 길어질수록 훗날 독자가 되어줄 누군가와의 인연을 더욱 소중하게 이어가게 된다. 그렇기에 무언가 쓰려는 노력과 독자를 기다리는 시간은 헛되지 않다.

독후감 올리는 SNS계정

나를 나답게 하는 한 문장

우리는 언제나 이미 연결되어 있다. (p.235)

『고독을 건너는 방법』, 이인 지음

스토리텔링으로 근력 붙이기

나와 초등학교를 같이 다녔던 한 친구는 이야기를 맛깔나게 잘했다. 마치 이야기 장수 같았다. 글도 꽤 잘 썼다. 이 친구처럼 맛있게 이야기를 풀어나가는 능력을 타고난 사람도 있지만, 훈련으로도 기를 수 있다. 소설가와 에세이스트는 이야기를 짓는다. 이 세상의 모든 소설가와 에세이스트는 스토리텔러다.

이런 이유로 나는 에세이스트를 꿈꾸는 사람에게 소설 습작을 권한다.

소설 쓰기는 여러 장면을 유기적으로 엮어내는 일이다. 나는 소설가 중 에세이를 쓰지 못하는 사람을 본 적이 없다. 에세이스트는 소설을 쓸 수 있는 사람도 있고 쓰지 못하는 사람도 있다. 이 차이는 에세이보다 소설이 서사적으로 상위에 있어서다. 소설은 에세이보다 호흡이 길다. 긴 호흡으로 쓰면 근력이 잘 따라붙는다.(부록 이수아 작가의 〈소설 습작 노트〉 참고)

　최근 들어 나에게 어떻게 하면 에세이스트가 될 수 있는지 묻는 사람이 몇 있었다. 나는 그들이 쓰는 힘을 빠르게 기를 수 있기 바라는 마음으로 소설 습작을 권했다. 그런데 돌아온 답은 "픽션에 관심이 없어요.", "에세이만 잘 쓰면 되지 소설까지 쓸 필요 있을까요?", "저는 에세이스트가 되고 싶어요. 소설가가 되고 싶은 게 아니에요."라는 말이었다. 확고하게 말하는 사람을 설득하기란 어려운 일이다. 나는 굳이 더 나서지 않았다. 그러나 내가 지도한 수강생들에게는 여러 번 소설 습작을 강조했다. "소설 습작을 하면 스토리텔링을 잘하게 되고 에세이 쓰기에 도움이 돼요." 하고 말이다.

　그 외에도 에세이스트가 되길 바라는 사람이 소설 습작을 해야 하는 이유가 하나 더 있다. 에세이는 자신의 삶을 글로 옮기는 장르다. 에세이스트로 데뷔하고 나서 책을 몇 권 출간하고 나면 밑천이 떨어지는 시기가 온다. 내 주위에도 더는 에세이집을 못 쓰겠다고 어려움을 호소하는 작가가 여럿이다. 이럴 땐 다른 경험이 몸에 쌓일 때까지 기다려야 한다. 그럼, 다시 에세이를 쓸 수 있는 날이 온다. 하지만 그 버팀의 시간 동안 글을 못 쓰는 고통은 작가의 심신을 지치게 한다. 소설은 작가의 지친 심신을 달래 줌과 동시에 스토리텔링 능력을 기를 수 있도록 돕는다.

에세이집을 3권 출간하고 나서 글을 못 쓰겠다고 말한 작가가 있었다. 그는 1년 반 뒤 소설집을 출간했다. 에세이집으로 빛을 못 보다가 소설집으로 베스트셀러가 되었다. 이렇듯 서로 다른 장르는 작가의 생명을 이어준다. 어느 장르에서 독자의 사랑을 받을지 아무도 알 수 없다.

우리나라는 아직도 시와 소설 같은 장르는 등단이라는 과정을 거쳐야지만 일정 부분 인정해주는 분위기가 살아 있다. 다수의 출판사에서 소설이나 시가 담긴 원고를 받을 때 등단자여야 한다는 조건을 붙인다. 현실이 이러하기에, 2년 전까지만 해도 나는 소설가나 시인이 되려면 자격증처럼 효용력이 있는 등단을 거쳐야 한다고 믿었다.

그러나 지금은 아니다. 세상이 변하고 있다. 미등단자의 작품을 받는 출판사도 점점 늘어나는 추세다. 등단과 상관없이 작품으로 인정받는 소설가와 시인도 계속해서 나오는 요즘이다. 그 수가 앞으로 더 많아지지 않을까. 소설도 다양하다. 판타지, 로맨스, 무협, 공포물은 등단과 상관없다. 독립출판으로 소설집과 시집을 출간할 수도 있다.

독자들이 한 가지 색깔을 가진 작가와 여러 색깔을 가진 작가 중 누구를 더 선호할까. 나는 후자 쪽이다. 작가가 되고 싶다면 에세이, 시, 소설, 리뷰 등 편식 없이 습작해야 한다. 우리의 삶은 이야기로 되어 있다. 소설과 시도 현실을 기반으로 허구를 곁들여 쓴다. 어느 장르든 글쓰기에 있어서 스토리텔링은 기본이다. 작가에게 여러 장르를 쓸 수 있는 능력은 확실히 득이다.

혼자만의 글쓰기 시간이 시작되던 어느 날 밤

나를 나답게 하는 한 문장

글쓰기에 대해 공부하고 연구할수록 독자에게 중요한
건 아름다운 글이 아니라 스토리텔링이라는 걸 깨닫게
된다. (p.109)

『살짝 웃기는 글이 잘 쓴 글입니다』, 편성준 지음

글쓰기 전 평정심 찾기

나는 마음이 좋지 않을 때 컴퓨터 앞에 더 자주 앉게 된다. 우울감, 슬픔, 공허함, 쓸쓸함, 외로움을 글로 풀어내고 싶어서다. 이럴 때면 무엇을 쓸지, 어떻게 쓸지, 고민하지 않아도 키보드 위에 손을 얹으면 글이 자동으로 써진다. "왜 우울해?", "어떻게 되길 바랐는데?", "상대방 입장은 생각해 봤어?" 하는 질문을 스스로 던지며 글을 쓴다. 내 감정과 생각을 글로 옮기다 보면 어느새 이야기는 A4 한 장이 넘어간다.

검정 물감이 잔뜩 묻은 채 방치되어 딱딱하게 굳어버린 붓을 물에 살살 흔드는 기분이다. 내 마음과 같은 붓을 부드럽게 만들고 검정으로 물든 감정을 덜어낸다. 완전히 깨끗해지지는 않더라도 어느 정도 어두웠던 마음이 옅어진다. 이렇듯 글쓰기는 마음을 정화해준다. 누구나 우울감과 결핍이 있다. 작가 중엔 그 농도가 짙은 사람이 유독 많다. 나도 그중 하나다. 여러 작품에 투사된 작가의 어두운 감정과 내밀한 속마음을 볼 때가 있다.

"글은 행복할 때 안 써진다는 말이 있다. 우리는 인생이 어딘가 불만족스러울 때만 책상 앞에 앉는다. 만사를 제쳐두고 마음의 응어리를 털어놓고자 글을 쓴다. 글쓰기는 자아 성찰의 씨앗이다. 실컷 운 가슴에 할 수 있다는 용기의 문장을 심어준다. 다시 세상을 살아가게 한다. 나는 이처럼 고난을 딛고 일어선 후에야 마주할 수 있는 즐겁고 다정한 순간을 다른 사람에게도 알려주고자 글을 쓴다." (p.55)

— 『글 쓰는 즐거움』, 글지마 지음

사실, 나도 기분이 좋을 땐 글이 잘 써지지 않는다. 기분 좋음을 기록해 두고 싶어서 컴퓨터 앞에 앉지만, 감정에 취한 나머지 자기 자랑으로 그치는 글을 쓰게 된다. 기분이 좋으면 마음이 농농 떠오른다. 내면을 깊숙이 파고들기가 어렵다. 자아도취적인 글쓰기는 자아를 비대하게 키우니 조심해야 한다. 나는 마음에 균형이 필요하면 음악을 듣는다. 기분이 좋을 땐 차분한 음악을, 기분이 좋지 않을 땐 경쾌한 음악을 튼다. 음악으로 나를 가다듬는 것이다. 그리고 자기 자랑 글이 되거나 우울한 글이 되지 않도록 여러 방면에서 사유한다.

나는 어두운 감정이 찾아왔을 때뿐 아니라 결핍을 채우기 위해서도 글을 쓴다. 아무리 글을 써도 결핍을 완전히 채울 수는 없지만, 조금은 달래진다. 신기한 것은 글쓰기로 채울 수 없는 결핍이 나를 무언가에 집중하게 만든다는 사실이다. 내 몰입 대상은 글쓰기다. 그러니까 나는 결핍을 채우고 싶어서 글을 쓰고, 결핍을 채우지 못해서 또 글을 쓴다. 나의 부족함을 쓰면서 조금씩 나은 사람이 되어간다.

최근, 결핍에 대해 궁금증이 생기던 시점에 한 권의 책을 만났다. 그 책은 김창옥 교수님의 『나를 살게 하는 것들』이다. 저자는 '결핍'에서 오는 힘이 아주 세다고 말한다. 결핍을 동력으로 돈을 벌고 성공한 사람들을 보면, 성취하고자 하는 욕구와 열정이 다른 사람들보다 훨씬 강력하다고 한다. "부모님에게 인정받을 거야, 날 무시했던 사람들한테 본때를 보여줄 거야."라고 하며 자신의 삶을 추진해 가기 때문이다. 그제야 결핍이 나를 글쓰기에 몰입하게 한 이유를 알 수 있었다. 결핍이 무언가를 이뤄내고자 하는 욕구를 불러일으킨 것이다. 그 무엇은 아마 완성된 글이 아니었을까.

이와 더불어 김창옥 교수님은 결핍의 문제점을 짚어주었다. 결핍의 부작용이다. 강력한 에너지에 반하는 대가다. 결핍을 동력 삼아 원하는 바를 이루었어도 행복한 순간을 온전히 즐기지 못하는 사람이 많다고 한다. 그 이유는 앞으로 더 성과를 낼 수 없을 것 같은 불안감에 휩싸여서다. 행복을 낯설게 느껴 멀미하게 된다는 것이다.

행복 멀미를 하지 않으려면 어떻게 해야 할까. 결핍에 길들지 않아야 한다. 결핍으로 무언가를 추진하고 있다면 계속해서 부족함을 끌어들여서는 안 된다. 이건 글쓰기도 마찬가지다. 어두운 감정을 해소하기 위해 글을 쓰지만, 우울감을 계속 끌어들이지 않아야 한다. 그런데 어떠한 사람들은 글을 쓰기 위해 우울감을 찾아 나선다. 울적할 때 글이 잘 써지는 것을 알고 이용하는 것이다. 글쓰기는 인풋 대비 아웃풋이 직다. 쓰는 것은 고독한 노동이고 그에 따른 만족스러운 결과도 얻기 어렵다. 물론 즐거움과 기쁨도 있지만, 글을 쓰는 것은 힘들다. 그 힘든 길을 택했는데 글을 쓰기 위해 스스로 어둠의 굴레를 씌워서는 안 된다.

글은 감정에 따라 잘 써지는 날도, 안 써지는 날도 있다. 그러니 마음의 균형을 잘 잡아야 한다. 감정에 따라 내가 음악을 선택적으로 듣는 것처럼 어떠한 노력이 필요하다. 균형이 잘 잡히면 평정심을 유지할 수 있다. 나는 평온할 때 몸에 힘이 덜 들어간다. 몸에 힘이 빠져야 글이 잘 써진다. 말로는 쉬워도 평정심을 유지하기란 어렵다. 그럼에도 나는 평온함을 유지하려고 애쓴다. 글쓰기로 나를 망치거나, 내 자아를 비대하게 키우지는 않기 위해서. 나는 긍정으로 이끄는 글쓰기를 지향한다.

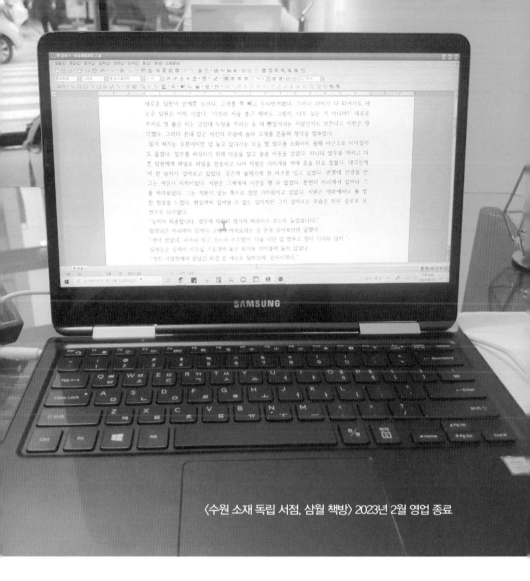

〈수원 소재 독립 서점, 삼월 책방〉 2023년 2월 영업 종료

나를 나답게 하는 한 문장

"내가 지나치게 분석적으로 냉정하게 글을 쓰게 될 때마다, 나는 글쓰기를 멈추고 내 안의 불길을 되살린다." (p.84)

『작가가 작가에게』, 제임스 스콧 벨 지음

1. 나만의 언어로 2장 "오롯이 나답게 쓰기가 어려운 이유"를 요약해 보세요.

---

2. 꼭 기억하고 싶은 한 구절을 적어보세요.

나만의 언어를 찾는 9가지 방법

연습과 훈련으로 쓰는 근력 기르기

나는 글감이 될 만한 소재를 발견하면 핸드폰 메모장에 간략하게라도 적는다. 책에서 만난 문장을 노트에 모아놓는다. 매번 이걸 왜 적었는지 이유를 알 수 없어 황당해지지만, 그중 한두 개는 글감으로 건질 수 있다.

사람들이 작가에게 많이 하는 질문 중 하나가 '글감'에 대해서다. 글을 쓰고 싶은데 무얼 써야 할지 모른다고 말한다. 글감은 알고 보면 일상 가까이에 있다. 이것을 알기까지 나도 여러 날을 헤맸다. 글감을 찾아내는 시각을 갖추려면 시간이 필요하다. 알고 있어도 연습이나 훈련을 통해 몸으로 익혀야 비로소 나의 것이 된다.

언젠가 나는 '글감'을 찾기 위해 연습했다. 연습이라고 여기며 하루 중 있었던 일을 시간의 흐름에 따라 써내려고 했다. 무언가를 하며 하루를 보냈는데 기계처럼 반복되는 일상 이외에는 도통 기억이 나질 않았다. 나는 노트와 펜을 집어 들었다. 오늘 무슨 일을 했는지, 누구와 어떠한 대화를 나누었는지, 어떠한 생각이 들었는지 등을 떠올려 끄적였다. 초등 시절에 썼던 일기처럼 느낀 점도 적었다. 나는 이것을 토대로 글을 써내려갔다.

어느 정도 연습이 되자 쓰는 속도가 붙기 시작했다. 글 쓰는 시간이 줄어들고 사유도 이전보다 풍부해졌다. 그 뒤로 "이제부터는 연습이 아닌 훈련이다!" 하고 마음먹었다. 여기서 나는 연습과 훈련의 차이를 분명히 해 두었다. 그것은 '시간의 흐름'과 '맥락'에 있다. 나는 쓰는 훈련을 시작한 순간부터 '도입-전개-결말'로 나눠서 어떠한 내용을 담을지 계획을 세웠다. 글이 시작되고 끝날 때까지 '맥락'에 맞게 쓰려고 노력했다.

이틀 전, 있었던 일 중에서 글감을 찾아보겠다. 그날은 태풍 영향으로 비가 왔다. 글감은 '태풍' 혹은 '비'다. 나는 비가 오는 날엔 가능하면 운전을 피한다. 그러나 그날은 아이를 학원에 바래다주고 데려오느라 운전대를 잡아야만 했다. 비가 오면 길이 미끄럽고 시야가 흐리다. 내 차보다 큰 차량이 옆으로 지나갈 땐 물벼락을 맞는다. 천천히 차를 몰아야 해서 평소보다 5분 정도 더 걸린다. 이걸 바탕으로 쓰면 된다.

　나는 한 문장을 쓰고 나면 그때부터 질문을 던진다. 그에 대한 답을 구하며 분량을 채워나간다. '마음이 급하다고 빨리 달렸더라면 어떠한 결과를 초래했을지', '오늘처럼 비가 많이 오는 날엔 평소보다 5분이 더 걸린다는 것을 어떻게 알게 되었는지' 등과 같은 질문에 대한 답을 구하는 것이다. 이번에 상륙한 태풍과 이전에 왔다 간 태풍 정보를 찾아 글에 담아낼 수도 있다. '비'에 얽힌 경험이 두세 개라면 하나로 묶어서 쓴다. 여러 개의 에피소드를 쓸 때 주의해야 할 점이 있다. 맥락이 분산되지 않도록 경험과 경험을 엮어주는 중간 문장을 잘 써넣어야 한다. 한 가지 주제에 자잘한 경험이 많다면 1, 2, 3… 등 숫자를 붙여 에피소드를 분리한다.

　나는 연습과 훈련을 하며 한 편의 에세이에 담긴 구조를 파악했다. 내가 쓰는 에세이는 '경험+정보(선택사항)+사유'로 이루어져 있다. 여기에

'전하고자 하는 메시지'를 추가했다. 에세이를 쓸 때 '경험+사유+전하고
자 하는 메시지'를 필수로 넣고 필요에 따라 '정보'로 뒷받침한다. '전하고
자 하는 메시지'는 대개 글의 마지막에 쓴다. 전체적인 글을 아울러 정리
하는 문장으로 마무리한다. 그럼, 글 흐름이 더욱 선명해진다.

글쓰기 훈련을 지속하다 보니 어느 날에는 신기한 경험을 했다. 구상
하지 않고 썼는데 '경험+사유+전하고자 하는 메시지'가 글에 잘 담긴 것
이었다. 손 등에 날개가 달린 듯 글이 술술 써졌다. 내가 만든 통제 안에
서 자유롭게 유영하는 기분이었다.

사실 에세이는 그저 자유로이 쓰면 된다. 다만, 혼자 보는 일기가 되어
버리지 않도록 나만의 에세이 쓰기 틀을 정해놓은 것일 뿐이다. '경험+
사유+정보(필요에 따라)+전하고자 하는 메시지' 이것을 글에 잘 담아내
면 어디 가서도 "일기는 일기장에 쓰세요."라는 말은 면한다. 나는 여덟
명의 작가에게 글쓰기를 지도받았다. 저마다 가르치는 방식과 조언이 달
랐다. 수업에서 받은 조언대로 글을 고치며 어떠한 방식도 글쓰기의 정
답이 될 수는 없음을 스스로 알아갔다. 그러니 어떠한 지적이 와도 지나
치게 마음 쓸 필요 없다. 나만의 방식을 찾아 나가는 데 중점을 두고 필
요한 조언을 취하면 된다.

에세이는 '일정한 형식을 따르지 않고 인생이나 자연 또는 일상생활에서의 느낌이나 체험을 생각나는 대로 쓴 산문 형식의 글'이다. 꼭 글에 경험과 전하고자 하는 메시지를 담아내야 하는 것은 아니다. 그러나 불특정 다수가 읽는 글이라면 독자가 얻어갈 수 있는 무언가가 있어야 한다. 재미, 감동, 교훈, 정보 등 줄 수 있는 것이 한 가지라도 있어야 글의 가치가 올라간다. 작가들이 독자의 니즈를 파악하는 이유다.

대개 에세이 한 편은 A4 1장에서 1장 반을 기준으로 쓴다. 처음 글을 쓰는 사람들이 어려워하는 것 중 하나가 분량이다. 정해놓은 분량을 쓸 수 있을 때까지 연습한다. 쓰고 지우길 반복하며 근력을 붙여나가는 것이다. 근력이 붙기 시작하면 작은 것부터 하나씩 계획을 세운다. 계획적인 글쓰기는 실력을 빠르게 올려준다. 내가 경험한 것처럼 꾸준한 쓰기를 통해 언젠가 손에 날개가 돋아난 듯한 기분을, 그 속에서 감각하는 자유로움을 만끽할 수 있기를 바란다.

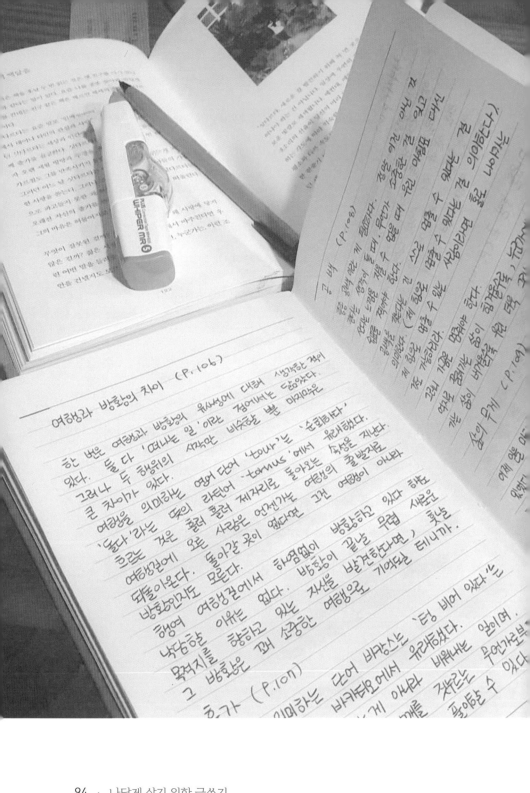

여행과 방황의 차이 (P.106)

한 번은 여행과 방황의 유사성에 대해 생각해본 적이
있다. 둘 다 '떠나는 일'이란 점에서는 닮았다.
그러나 두 행위의 시작만 비슷할 뿐 마지막엔
큰 차이가 있다.
여행을 의미하는 영어 단어 'tour'는 '순회하다'
'돌다'라는 뜻의 라틴어 'tornus'에서 유래했다.
흐르는 것은 흘러 제자리로 돌아오는 여행의 출발지로
여행길에 오른 사람은 언젠가는 그런 여행이 아니라
되돌아온다. 돌아갈 곳이 없다면 그건 여행이 아니라
방황인지도 모른다.
행여 여행길에서 하염없이 방황하고 있다 해도
낙담할 이유는 없다. 방황이 끝날 무렵 새로운
목적지를 향하고 있는 자신을 발견한다면, 훗날
그 방황은 꽤 소중한 여행으로 기억될 테니까.

추가 (P.107)
...

글감이 되어주는 문장 모음

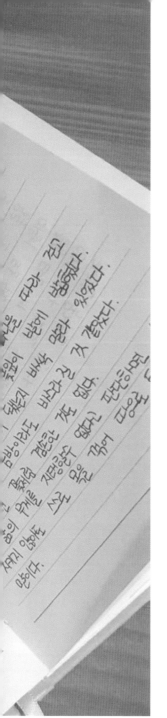

나를 나답게 하는 한 문장

『뼛속까지 내려가서 써라』, 나탈리 골드버그 지음

주제 글쓰기 하는 방법

주제와 글감은 같은 말이다. 일상 에세이는 에피소드가 들어가면 글을 수월하게 쓸 수 있다. 에피소드가 있어야 재밌게 읽힌다. 주제 글쓰기를 할 때 글감과 맞닿는 경험을 찾아내는 것을 추천한다. 기왕이면 굵직한 에피소드가 좋다. 한 가지 이야기로 나아가는 글은 여러 개의 이야기가 담긴 글보다 맥락 잡기에 유리하다. 굵직한 에피소드가 없다면 주제와 관련된 두세 개의 에피소드를 하나의 글로 엮는다. 에피소드에서 다른 에피소드로 넘어갈 때 맥락이 끊기지 않도록 이어주는 중간 문장을 잘 써넣는다. 그래야 글 흐름이 매끄럽다.

- 주제 (글감) : 친구
- 글 구조 : 에피소드(경험)+사유(대상을 두루 생각하는 것 – 생각, 의
  견, 주장, 소감, 느낀 점 등) +정보 뒷받침(필요에 따라서)+전하고자
  하는 메시지
- 의도한 것 : 수미상관

▶ 수미상관은 명사로 수미상응이라고도 부른다. '머리와 꼬리, 처음
과 끝이 서로 이어 통함'이라는 뜻이다. 한 편의 글을 '도입–전개–결말'
로 나누었을 때, 수미상관에 맞게 쓰려면 도입에서 중심이 되는 문장을
결말에서 한 번 더 언급해주면 된다. 수미상관이 조화로운 글은 잘 쓴 글
로 인정받는다.

▶ 밑줄(＿) : 수미상관을 맞춰준 문장
  사각([ ]) : 사유한 문장
  세모(〈 〉) : 전하고자 하는 메시지
  그 외 : 에피소드(경험)

〈예시〉

경험을 구체적으로

<u>나는 어릴 적부터 늘 친구를 갈망했다. 친구에 대한 나의 집착은 6년 전 한 노부부를 만나고 나서 사라졌다.</u> 할아버지와 할머니를 만난 것은 가족과 시골로 이사하기 위해 집을 알아보러 다닐 때였다. 할아버지는 나와 남편이 눈여겨본 집터가 좋다고 말씀했다. 그리고 3대째 이 동네에서 살고 있다고 했다. 한집에서 할아버지의 조부모과 부모님의 대를 이어 여태까지 살아온 것이었다.

이사 후, 나는 할아버지를 찾아뵈었다. 이제는 전설처럼 느껴지는 할아버지의 조부모님과 부모님 이야기를 시작으로 할아버지가 살아오신 세월을 들으며 긴긴 시간을 보냈다. 그러다 동네 사람들의 이야기가 나왔다. 언젠가는 친구였고 지금은 세상을 떠난 그들의 이야기에 나는 대뜸 "저 친구 없어요. 이사 와서 친구가 없는 게 아니라 어릴 적부터 친구 없었어요."라고 말했다. 할아버지는 웃는 얼굴로 손사래를 치며 "아유, 친구 없어도 돼. 친구 있어서 뭐 해." 하고 답했다. 나는 "그래요?"라고

하면서 할아버지를 따라 웃었다. 할아버지는 웃긴 뭘 웃냐고 하시다가 "할머니가 나 만나서 아주 고생을 말도 못 하게 했어. 나랑 할머니랑 너랑 친구 하면 되지!" 하고 덧붙였다. 그때부터 우리는 6년째 친구로 지내고 있다.

작년 한 해, 나는 사회 불안증으로 집 안에서만 살았다. 그때 할머니는 우리 집 대문 앞에 자주 앉아 계시다가 돌아가곤 했다. 내가 걱정돼서 오신 것이었다. 그 마음을 알기에 밖으로 나가볼까도 했지만, 인간이라는 존재가 두려워 생각만 하다 말았다. 그러던 중 내원하는 병원 원장님으로부터 사회 불안증은 아무리 시간이 흘러도 완치할 수 없다고 전해 들었다. 원장님의 조언대로 스스로 집 밖으로 나가야겠다고 마음먹었다.

학교 운동장이라도 한 바퀴 돌 요량으로 현관문을 열고 나갔던 날이었다. 그날도 할머니는 대문 앞에 앉아 계셨다. 한쪽엔 유모차가 놓여 있었다. 유모차는 거동이 어려운 할머니의 발이다. 유모차에는 박스가 담겨 있었다. 할머니는 내 얼굴을 보자마자 "이제 나오는 거여? 나랑 놀자. 박스 주우러 가여." 하고 말씀했다. 할머니의 첫마디에 나는 웃음보가 터져버렸다. 눈물이 날 정도였다. 나는 곧장 집으로 들어가 차 키를 들고나왔다. 할머니는 차 타시는 것을 힘들어해서 유모차를 밀고 걸었다. 나는 차로 그 걸음 뒤를 천천히 따라갔다.

　할머니는 박스가 보이면 나에게 손짓했다. 그럼, 나는 박스를 차에 실었다. 박스를 차 트렁크와 뒷좌석에 가득 모아서 할아버지와 할머니 댁 마당에 내려놓았다. 할머니는 커피믹스 한 잔을 타서 나에게 건넸다. 물양과 온도가 적당했다. 어떠한 말로도 표현할 수 없는 특별한 맛이었다. 내가 그동안 마셔온 커피믹스를 세어보진 않았지만, 아마 100잔은 넘을 듯하다. 내가 마셔본 것 중 최고였다. 커피믹스를 호호 불어 한 모금씩 마시며 할머니의 따스한 온기와 정을 나의 몸과 마음에 소중히 들였다.

　내가 시골로 이사 온 지 얼마 되지 않아서의 일이다. 할아버지는 힘들어서 오토바이를 못 탄다며, 나에게 김치찌개용 고기를 사다 달라고 부탁했다. 고기를 좋아하지 않아서 잘 안 드신다는데 겨울이 되면 한 번씩 잡수신다고 했다. 활동량이 줄어 근육이 부실해지기 때문이다. 이가 안좋아서 구운 고기는 안 되고 꼭 김치찌개용 고기여야 한다는 것이었다.
　나는 김치찌개용 돼지고기를 사서 할아버지 댁으로 가져갔다. 그 뒤로, 나는 매년 겨울이 되면 돼지고기를 산다. 언젠가는 곰솥에 돼지 목살을 푹 익혀 간장양념으로 찜을 해 드렸다. 할아버지와 할머니는 고기가 부드러워서 잘 드셨다며, 이것을 아직도 두고두고 말씀하신다.

할아버지와 할머니의 연세가 올해로 90세, 84세다. 거동을 힘들어하면서도 5년 동안 매해 가을이면 수확한 배추와 무를 가져다주신다. 올해는 정말이지 안 받으려고 했는데 할아버지의 말씀 한마디에 그럴 수 없었다. 할아버지가 날 걱정하고 계셨다. "집에서 애들 만들어 먹이려면 힘들잖아. 앞으로 얼마나 더 줄 수 있을지 몰라." 하고 말씀하는 것이었다. [할아버지와 할머니가 나에게 무언가라도 주고 싶은 그 마음을 잘 받아야 하는 것이 옳다.] 나는 올해가 마지막일지도 모르는 배추와 무를 받아서 깨끗이 갈무리했다. 이것을 하나씩 꺼내 먹을 때마다 청승맞게 눈물이 난다.

〈**할아버지와 할머니는 나에게 친구가 되는 것은 나이와 상관없음을 알려주었다**〉 나는 초등학교 6학년 때 왕따를 경험했다. 어촌마을에서 사는 사람들에게는 갯벌 냄새가 났는데, 승희가 내게서 나는 그 짠 내가 고약하다며 놀려댔다. 그때부터 나는 늘 친구를 두려워하면서도 갈망했다. 할아버지, 할머니와 함께 지내면서 나도 모르게 친구에 대한 집착이 조

<u>금씩 놓아지고 있었다.</u> [내 평생에 이렇게나 귀한 친구를 또 만날 수 있을까. 내 생에 단 한 번, 두 번 다시 만나지 못할, 나의 친구 곁에 오래 머물 수 있기를 바랄 뿐이다.] 쌀쌀한 바람에 겨울 냄새가 묻어오면 나는 정육점으로 간다. 김치찌개용 돼지고기를 사 들고 할아버지와 할머니에게로 달린다. 기꺼이 곰솥에 물을 올리고 양념한 돼지 목살을 푹 익힌다. 친구에 대한 나의 진심이 여기에 있다.

나의 친구 할머니가 주운 박스

할머니와 함께 주운 박스

나를 나답게 하는 한 문장

『마음 가면』, 브레네 브라운 지음

글을 잘 쓰고 싶다면

글을 쓰는 이유는 크게 두 갈래로 나뉜다. 취미로 쓰는 사람과 작가의 꿈을 품고 쓰는 사람이다. 취미로 글을 쓰는 거라면 표현하고 싶은 욕구대로 쓰면 된다. 그러나 작가의 꿈을 품었다면 세부적인 목표를 세워야 한다. 작가도 하나의 직업이다. 아이러니하게도 작가가 되고 싶다면서 계획 없이 글을 쓰는 사람이 태반이다.

계획적인 글쓰기를 통해 차근차근 단계를 밟아 나간다면 그저 묵묵히 쓸 때보다 빠르게 작가라는 꿈에 다가갈 수 있다. 이것은 어떠한 직업이든 마찬가지다. 현재 작가 중 다수가 글을 오래 써왔다. 작가들은 안 보이는 곳에서 피나는 노력을 해온 사람들이다. 출간에 이르기까지 10년간 글을 쓴 작가가 많다. 이보다 더 오래 쓴 작가도 있을 것이다.

나는 어릴 적부터 서른넷이 되기 전까지 책과 거리가 멀었다. 성인이 되어서 한 일들도 글과 무관했다. 학창 시절에 내가 썼던 글은 담임 선생님이 내주신 숙제가 전부였다. 초등 3학년부터 5학년까지 일기를 썼다. 동화인지 소설인지 모를 지어낸 이야기를 한 편 써보기도 했다. 별일이라면 나는 숙제를 거의 안 해가는 학생이었는데 이것만은 했다는 것이다.

글을 쓰기 시작한 지 3년째 되던 해였다. 단행본을 출간하고 가장 많이 들은 것은 글쓰기에 재능이 있다는 말이었다. (인맥, 인지도가 없는 일반인이 첫 번째 책으로 에세이집 – 일상적인 글로 된 책—을 출간하는 것은 현실적으로 어렵다. 내 주위에는 자기계발서나 실용서를 쓰고 에세이집을 출간한 작가가 많다. 그래서 '재능'이 있다는 말을 들은 듯하다.) 나는 재능이 있다는 말을 들을 때마다 고개를 갸우뚱거렸다. 굳이 나의 글재주가 몇 프로인지 말해보라고 한다면 10~20% 사이가 아닐까 싶을 만큼 미비하다. 나는 문학 선공자도 아니고 전문 분야도 없다. 이런 내가 에세이집을 낼 수 있었던 것은 운이 좋아서다. 그러나 아무리 운이 좋았어도 노력이 수반되지 않았더라면 기회를 잡을 수 있었을까.

글쓰기 수업에서 제법 글을 잘 쓰는 수강생을 많이 만났다. 내가 만난 수강생들이 100명이라면 그 수가 절반 정도였다. 글을 처음 써본다는데 하나같이 분량을 잘 뽑아냈다. 내가 처음으로 글을 썼을 때와는 확실히 달랐다. 그러니까 나는 처음 글을 써보는 사람들의 반절도 안 되는 실력에서 출발했다.

언젠가 나는 이 주일 내내 도서관에 가서 글과 관련된 책을 모조리 찾아 한쪽에 쌓아두고 읽어나갔다. 그러면서 글에도 우리의 몸처럼 근력이 있음을 알았다. 근력은 힘을 말한다. 나는 쓰는 힘을 길러나가고자 막무가내로 분량 채우기를 연습했다. 연습은 훈련으로 이어졌고, 3년간 글쟁이가 되기 위해 쓰는 근력을 길렀다.

그간 해온 글쓰기 훈련법을 이곳에 풀어놓는다. 이 과정을 통해 나는 글쓰기 시작한 지 3년 만에 출간 작가가 되었다. 물론, 전문 분야가 있다면 바로 책을 출간할 수 있다. 그러나 한 권으로 끝나는 작가가 되지 않으려면 계속해서 책을 지을 줄 알아야 한다. 평소에 쓴 글들을 모아 기획하면 책이 된다. 그러니 책 쓰기에 앞서 글쓰기 실력을 갖추는 것이 우선이다.

나를 나답게 하는 한 문장

글쓰기 쓰거움을 이겨낸다면, 아마 그때는 쓰거움에 쉽게 굴복하지 않는다.

『우리는 글쓰기를 너무 심각하게 생각하지』, 정지우 지음

3단계 글쓰기 훈련법 익히기

• 계획적인 글쓰기 3단계

– 계획적인 글쓰기는 목표가 있어야 한다. 나에게 부족한 점을 목표로 삼는다. 그렇게 글쓰기와 퇴고 방향을 설정한다. 퇴고는 글을 지을 때 여러 번 생각해서 고치고 다듬는 과정이다.

[1단계]

- 목표 : 쓰는 근력 기르기
- 글쓰기 방향 : 1. 의식의 흐름대로 쏟아내기
- 퇴고 방향 :   2. 띄어쓰기, 비문과 오문 그리고 오탈자 수정하기
              3. 장문과 단문 적절히 사용하기 4. 맥락 잡기

1. 의식의 흐름대로 쏟아내기

처음부터 '도입-전개- 결말'이나 '기-승-전-결'과 같이 구상을 마치고 뼈대를 세우는 것은 불가능하다. 처음엔 누구나 엉덩이 힘으로 글을 쓴다. 시간이 날 때마다 컴퓨터 앞에 앉는 것이 중요하다. 글감이 있으면 쓰고, 감정이 차오르면 풀어놓는다. 쓸 만한 것이 없으면 책에 밑줄을 그어놓은 문장을 적는다. 거기에 내 생각을 덧붙여 나간다.

이때, A4 한 장 반을 채우려는 노력이 필요하다. 글이 논리적이지 않아도, 여러 가지의 이야기가 뒤섞여도, 상관하지 말고 쓴다. 글을 쓰면서 든 궁금증도 적는다. 책과 인터넷을 검색하며 궁금한 것을 하나씩 풀어나간다. 답을 찾을 때보다 미궁으로 빠질 때가 더 많을 것이다. 그러나 답을 찾지 못하더라도 글에 관한 다른 정보를 얻게 되므로 지속한다.

2. 띄어쓰기, 비문과 오문 그리고 오탈자 수정하기

퇴고에서 가장 기본은 띄어쓰기다. 나는 글을 한글 파일에 쓴다. 한글 파일의 장점은 띄어쓰기와 오탈자에 빨간색 밑줄이 자동으로 그어진다는 것이다. 빨간색 밑줄이 사라질 때까지 수정한다. 문장을 읽었을 때 어딘가 어색하다면 비문이나 오문일 가능성이 높다. 비문은 문법에 맞지 않는 문장이다. 문법을 바로잡으면 된다. 한국어는 대개 주어와 술어를 맞게 쓰면 비문이 되지 않는다. 비문의 원인은 다양하나, 일반적으로 쉽게 발생하는 비문이 '주어와 술어의 호응 오류'이기 때문이다. 오문은 문법에 맞게 썼지만, 이해가 되지 않거나 다르게 해석되는 문장이다. 꼬인 문장을 찾아서 풀어준다. 오탈자는 온라인 사전을 검색해 맞춤법을 바로잡는다. 한 편의 글이 완성되면 맞춤법 검사기를 통해 한 번 더 손본다. 나는 주로 '한국어 맞춤법 문법 검사기'를 사용한다.

3. 장문과 단문 적절히 사용하기

장문과 단문은 장단점이 명확하다.

• 장문

− 장점 : 읽는 맛을 살려준다.

‒ 단점 : 비문과 오문을 쓸 빈도가 높다.

• **단문**

‒ 장점 : 가독성이 높다. 이해하기 쉽다.

‒ 단점 : 글의 흐름을 끊는다.

글을 쓸 때 장문과 단문을 적절히 사용하는 것이 좋다. 장문의 앞과 뒤에 단문을 쓰면 읽는 피로감이 덜어진다. 나는 가능하면 한글파일로 두 줄 이상의 장문은 쓰지 않는다. 글을 완성하면 인쇄해서 낭독한다. 글과 말이 함께 가는지 확인하는 작업이다. 그럼, 어디에 장문과 단문을 사용하면 좋을지 감이 온다. 입에 잘 붙지 않는 문장에 밑줄을 긋고 단문과 장문 중 어느 것을 쓸지 결정한다. 처음엔 아무리 낭독해도 감이 오지 않을 수 있다. 수없이 해도 도통 알 수 없는 것이 '감'이니, 끊임없이 반복한다.

4. 맥락 잡기

한 편의 글은 곧게 뻗은 나무처럼 맥락이 있어야 한다. 여러 개의 이야기가 들어간 글은 잔가지가 많은 나무다. 가지치기가 필요하다. 굵직한 에피소드 하나 혹은 두 개를 남기고 나머지는 삭제한다. 그럼에도 글에 꼭 필요한 경험이라면 한 문단을 넘기지 않도록 가볍게 언급하고 넘어간다. 앞에 쓴 문단에 맥락을 이어 다음 문장을 쓴다.

[2단계]

- 목표 : 문장 군살 제거하기
- 글쓰기 방향 : 1. 구상하기
- 퇴고 방향 : 2. 분량 조절하기 3. 감정 덜어내기 4. 퇴고 반복하기

1. 구상하기

1단계에서 의식이 흐르는 대로 글을 쏟아냈다면, 2단계는 구상하기다. 구상은 한 편의 글에 무엇을 담을지 계획하는 것이다. 영감이나 글감을 어떻게 시작하고 풀어나갈지 도입-전개-결말로 나눠 간략하게 적는다. 뼈대를 세워 놓아도 쓰다 보면 수시로 샛길로 새기 쉽다. 이럴 때, 적어 놓은 것을 참고해 다음 문장으로 나아간다.

2. 분량 조절하기

쓰는 근력이 붙기 시작하면 에피소드를 더 구체적으로 담아낼 수 있

다. 사유도 더 깊어진다. A4 한 장 반을 채우려고 했는데 3장에서 많게는 4장까지 불어나기도 한다. 분량을 초과하면 군더더기 문장을 제거하는 과정이 필요하다. A4 한 장 반 분량의 글은 독자에게 읽는 부담을 덜어준다. 한 편의 글에 서사와 전하고자 하는 메시지를 담아내기에도 적절하다. 여러 글쓰기 수업에서 A4 한 장 반 분량을 추천하는 이유다. 분량을 줄여나갈 땐 구상한 부분을 제외한 나머지 문장에 중점을 둔다. 샛길로 샌 글을 찾아내 지운다. 때에 따라서 문단을 통으로 제거할 수도 있다.

3. 감정 덜어내기

저마다 마음 깊은 곳에 담아둔 이야기가 있을 것이다. 상처가 많은 사람일수록 감정에 복받치는 글을 쓰게 된다. 나 역시 마찬가지다. 글에 숙련된 사람도 감정 절제를 어려워한다. 감정이 과잉된 글은 독자에게 부담을 준다. 어느 부분에 감정이 과잉되었는지 알려면 글과 거리를 둬야 한다. 오늘 글을 쓰며 울었다면 파일로 저장해놓았다가 며칠 뒤에 다시 읽는다. 감정이 다시 올라와 눈물이 흐를 정도라면 자기 객관화가 덜 된 것이다. 글을 더 묵힌다. 시간이 지난 다음 글을 꺼냈을 때 조금이라도 객관적으로 ‒ 타인의 시선으로‒보인다면 퇴고를 시작한다.

4. 퇴고 반복하기

『노인과 바다』로 퓰리처상과 노벨문학상을 수상한 작가 헤밍웨이는 "모든 초고는 쓰레기"라고 했다. 말이 그렇다는 것이지 모든 초고가 쓰레기는 아니다. 당장 휴지통에 버려야 할 정도로 그만큼 볼품없다는 뜻이다. 초고를 쓸 만한 글로 만들려면 퇴고를 거듭해야 한다. 글은 퇴고할수록 좋아진다. 그러나 과도한 퇴고는 오히려 독이다. 과한 퇴고로 인해 글쓴이가 가진 색깔이 사라질 수도 있다. 그럼, 어느 정도의 퇴고가 적정선일까. 저마다의 초고 상태를 알 수 없으니 정확히 말할 수는 없다. 다만, 퇴고를 과도하게 해보는 경험은 필요하다. 글을 무리하게 도정하다 보면 글이 나빠진다. 이런 시행착오를 거쳐야 퇴고를 어느 선에서 멈추는 것이 적절한지 알 수 있다.

헤밍웨이는 『노인과 바다』를 200번 이상 퇴고했다고 한다. 퇴고의 끝을 보여준 사례가 아닐까. 퇴고도 글쓰기처럼 실력이라는 것이 따른다. 저마다의 퇴고 실력에 따라 누군가는 10여 번을, 누군가는 100여 번을, 누군가는 그 이상을 할수록 글이 좋아진다. 나는 퇴고를 50번 이상했을 때 글이 나빠지는 것을 경험했다. 그것은 내 퇴고 실력이 거기까지라는 반증이었다. 어느 작가는 북 토크에서 에세이를 2회 이상 퇴고하지 않는다고 말했다. 그만큼 처음부터 완성도 높은 글을 썼다는 말이다. 정답이 없는 글쓰기에서 중요한 것은 감각을 키우고 익히는 일이다. 글에 자신을 수없이 담금질하며 감을 익혀 나가는 것이 쓰는 사람의 자세다.

[3단계]

- 목표 : 나만의 언어 찾기
- 글쓰기 방향 : 1. 밀도 높이기
- 퇴고 방향 :   2. 설득력 있게 쓰기 3. 정보 뒷받침하기

    4. 의미 없는 문장 제거하기

1. 밀도 높이기

글이 가볍게 느껴지는 이유는 글에 밀도가 낮아서다. 원인은 주로 3가지다.

- 첫째, 설득력 저하
- 둘째, 정보 결여
- 셋째, 의미 없는 문장

아래 2, 3, 4번을 참고해 글의 밀도를 높인다.

2. 설득력 있게 쓰기

독자의 공감을 얻으려면 글에 설득력이 있어야 한다. 나는 써 놓은 문장을 곱씹어 읽으며 2가지를 살핀다. 궁금증을 유발하는 문장과 어폐가 있는 문장을 찾는다. 독자가 궁금해할 만한 문장 뒤에 이유를 쓴다. 오해가 있는 문장을 바로잡는다.

3. 정보 뒷받침하기

에세이는 친절해야 한다. 친절한 글을 써야 한다는 말이다. 친절함은 배려에서 나온다. 글쓰기도 하나의 인간관계다. 상대방 입장에 서서 사유한다. 글쓴이가 알고 있는 단어여도 모르는 사람이 있을 수 있다. 대개 일상적으로 사용하지 않는 어휘를 쓸 때다. 이럴 땐 어휘 뒤에 설명을 덧붙여 정보를 제공한다.

4. 의미 없는 문장 제거하기

같은 내용을 다른 문장으로 반복해 쓰는 경우가 왕왕 있다. 같은 뜻을 다르게 말하는 것은 의미 없다. 자리만 차지할 뿐이다. 의미 없는 문장을 과감히 삭제한다. 그 자리에 의미 있는 문장을 채워 넣는다. 2, 3, 4번을 신경 써서 퇴고하면 글이 촘촘해진다.

글에는 글쓴이의 성향, 가치관, 사고 등이 담긴다. 문장에는 글쓴이가 주로 사용하는 어휘나 글투가 녹아든다. 이 모든 총합이 문체를 만든다. 문체는 다작을 통해 자연스레 형성되지만, 나만의 언어를 알면 글에 나를 더 잘 드러낼 수 있다. (3장 아홉 번째 글, '나만의 언어 찾기' 참고)

나를 나답게 하는 한 문장

글쓰기 훈련은 진정으로 쓰고 싶어 하는 어떠한 것을 쓰기에 앞서 몸을 데우는
워밍업 단계이다. 훈련은 작품을 만들어 내기 전에 거쳐야 하는 가장 기초적이
며 본질적인 바탕 그림에 해당한다. (p.31)

『뼛속까지 내려가서 써라』, 나탈리 골드버그 지음

용인시 소재, Cafe801 너에게 말을 걸다

계획적으로 글을 쓰게 된 이유

나는 같은 시기에 두 개의 글쓰기 수업에 참여한 적이 있다. 똑같은 글을 두 개의 수업에 과제로 각각 제출했는데 조언이 극명하게 갈렸다. 누군가는 호평하는가 하면 누군가는 혹평했다. 상반된 조언에 혼란스러웠다. 그때, 나는 글은 읽는 사람에 따라 받아들이는 것이 다름을 알았다.

수업에서 쏟아지는 조언에 휩쓸려 가지 않으려면 중심을 잡아야 한다. 나는 조언을 구분해야겠다고 마음먹었다. 필요한 조언과 그렇지 않은 조언을 가려내려면 기준점이 필요하다. 나는 그 기준을 잡고자 글쓰기 방향과 퇴고 방향을 정했다. 글쓰기 훈련법 3단계는 이렇게 시작되었다. 그리고 내 글의 강점이 무엇인지 발견하려고 애썼다. 글도 사람처럼 장단점을 함께 갖고 있다. 장점이 크면 단점이 가려지기 마련이다. 어쩌면 단점을 보완하는 것보다 장점을 키워나가는 편이 더 빠를지 모른다.

언젠가 글쓰기 수업에서 내가 쓴 글에 깊이가 있다는 말을 두어 번 들었다. 글의 깊이는 구체적인 에피소드와 글쓴이의 사유에 의해 결정된다. 에피소드를 구체적으로 쓰고, 통찰력을 발휘해 사유를 잘 담아내면 글이 깊어진다. 통찰력은 한 번에 길러지지 않는다. 평범함을 새로운 시각으로 바라보려는 노력이 필요하다.

글쓰기 훈련법 3단계 중, 나는 각각의 단계마다 1년이라는 시간이 걸렸다. 1년이 지나기 전까지 실력이 늘었다고 느껴지다가도 제자리라고 생각되던 날의 반복이었다. 쓰는 실력은 파도가 만들어내는 물결처럼 올라갔다 내려가는 모양으로 조금씩 나아갔다. 근력도 이렇게 붙어갔다. 그러니 제자리걸음이라고 느껴져도 절대로 멈춰서는 안 된다. 글쓰기는 막연함의 연속이다.

나는 글을 쓰나가 막막해지면 강을 헤엄치는 오리를 떠올린다. 겉으로는 여유롭게 보여도 물속에서 쉬지 않고 발을 젓는 오리처럼, 나도 열심히 손가락을 쉬지 않는 것이라고 되뇐다. 뛰어난 실력을 갖추기 위해 준비하는 기간이라고 여기는 것이다. 그렇게 나를 다독이며 나아간다.

나를 나답게 하는 한 문장

『작가가 작가에게』, 제임스 스콧 벨 지음

3가지 형식의 에세이

필력은 글씨의 획에서 드러나는 힘이나 기운, 쓰는 능력을 말한다. 필력에 대한 의견은 저마다 다를 것이다. 나에게 필력이란, 자신만의 작법을 구사할 줄 아는 능력이다. 지난날의 나는 필력을 갖추고 싶었다. 소설 구조를 에세이로 가져와 작법의 재창조를 시도했다. 그리고 내 나름의 방식을 찾았다. 지금부터 3가지 형식의 에세이를 소개한다. 진술 형식, 사유 형식, 소설 형식 에세이다. 진술 형식과 사유 형식 에세이는 기존에 있는 작법이다. 소설 형식 에세이는 내가 재창조한 것이다.

진술 형식 에세이는 있는 그대로를 구체적으로 서술하는 것이다. 사유 형식 에세이는 하나의 대상을 다각적으로 두루 생각해 쓴 글이다. 소설 형식 에세이는 스토리를 기반으로 묘사와 서술을 유기적으로 쓴다. 에세이는 어느 장르보다도 광범위하고 포괄적이다. 에세이 쓰기의 다양성을 알고 자신만의 작법을 구사하길 원하는 사람에게 도움이 되길 바란다.

6-1 소설 형식 에세이: 묘사와 서술을 생생하게

소설에는 배경, 인물, 사건이 있다. 소설 형식을 에세이에 적용할 때 배경, 인물, 사건을 고려하지 않아도 된다. 에세이는 삶을 쓰는 것이기 때문이다. 우리의 삶에는 배경, 인물, 사건이 들어 있다. 소설 형식 에세이는 스토리를 기반으로 하며 묘사에 중점을 둔다. 에세이는 소설보다 호흡이 짧다. 묘사를 장황하게 하면 맥락이 흔들린다. 소설 형식 에세이를 쓸 때 묘사는 한두 문장이면 충분하다. 단, 묘사와 서술이 함께 가야 한다. 묘사와 서술이 얼마나 잘 얽혀 있는지가 중요하다. 대화체를 문장 안에 넣어도 되지만, 나는 소설 형식을 뚜렷하게 담아내기 위해 대화체를 단독으로 쓴다.

〈예시〉

묘사와 서술을 생생하게

"나도 조용히 책 좀 읽고 싶어."

책을 좋아하는 남편이 어느 날 하소연했다. 책만 펴면 첫째와 둘째가 놀아달라는 통에 책에 집중하기가 어렵다는 것이었다. 어떻게 하면 남편이 마음 편히 독서할 수 있을지 고민했다. 그러다 북 스테이를 떠올렸다. 인터넷으로 '북 스테이'를 검색했다. 집 근처 시골 책방에서 두 달 동안만 북 스테이를 운영한다는 게시글을 보게 되었다. 남편이 아이들 없이 책방에서 하룻밤을 묵으면 실컷 책을 읽을 수 있을 것이었다. 일단 예약부터 했다. 그다음, 남편에게 말했다.

"애들 내가 볼 테니까 북 스테이 다녀와. 예약했어."

남편이 기뻐할 줄 알았는데 뜻밖의 말을 듣게 되었다. 혼자서는 가기 싫다는 것이었다. 나는 잠시 망설이다가 어머니에게 전화로 조심스럽게 말했다.

"혹시, 이번 주말에 일 있으세요?"

"별다른 건 없는데. 왜 그러는데."

"애들 아빠랑 책방에 다녀오고 싶어서요. 주영이랑 효준이 어머니 댁에 보내도 될까요⋯?"

5월의 어느 날, 남편과 나는 아이들을 시어머니께 맡기고 북 스테이 하기 위해 시골 책방으로 갔다. 차를 타고 책방 입구로 들어서자 눈앞에 소나무 숲이 펼쳐졌다. 봄기운을 한껏 받아 생기 있는 푸르른 소나무의 향연이었다. 감탄이 절로 나왔다. 남편은 한쪽에 차를 세웠다. 나는 차에서 내려 졸졸 물 흐르는 소리를 홀린 듯 따라갔다. 책방 마당 오른편에 작은 냇가가 보였다. 머리 위로 쏟아져 내리는 햇살에 비추어진 냇물은 맑고 투명하게 빛났다.

시골 책방이라고 하기엔 건물이 웅장했다. 손가락으로 층수를 세어보니 4층이었다. 남편과 나는 책방지기와 함께 찬찬히 책방을 둘러보았다. 1층은 북카페였다. 2층은 책방을 운영하는 부부의 살림집이었다. 3층은 방 4개와 아담한 거실 그리고 화장실이었다. 책방지기는 3층에 있는 방 하나를 손으로 가리키며 말했다.

"여기에 짐을 푸시면 돼요."

우리는 3층으로 연결된 계단을 올라갔다. 4층에는 홈시어터와 빔프로젝트가 놓여 있었다. 책방지기는 원하면 영화를 볼 수 있다고 말했다. 꿈에서라도 그려보지 못하는 환상이 거기에 있었다. 책방 건물을 다 둘러본 우리는 짐을 풀고 1층 북카페로 갔다. 남편과 나는 아메리카노 2잔을 주문하고 마주 앉았다. 커피 마실 기회는 종종 있지만, 평소에 느낄 수 없는 특별한 기운이 감돌았다.

남편은 말이 없는 편이다. 연애할 땐 말이 많더니 결혼하고 나서 말수가 급격히 줄었다. 신혼 땐 왜 그런지 이해할 수 없어서 자주 다퉜다. 잦은 다툼 끝에 남편에게서 눈물 나게 웃긴 말을 듣게 되었다. 결혼 전, 남편은 내 환심을 사려고 무리하게 말을 많이 한 것이라고 했다.

그런 그가 마법에라도 걸린 듯 시골 책방 북카페에서는 끊임없이 말했다. 나는 결혼한 지 10년 만에 남편의 이야기를 2시간 동안 들었다. 유년시절, 첫 사회생활, 회사생활 이야기를 남편은 구구절절 이어갔다. 저녁은 무엇을 먹을지 생각할 겨를이 없을 정도로 남편은 이야기보따리를 풀

어냈다. 책방지기가 6시쯤 북카페 문을 닫는다며 마당에 모닥불을 지펴

줄 수 있다고 했다.

"모닥불이라니 너무 좋아요. 아직 저녁을 안 먹어서요. 근처에서 사 먹

을 생각인데 다녀와서 불 지펴주실 수 있으실까요?"

나는 책방지기에게 오후 8시까지 돌아오겠다고 했고, 그는 흔쾌히 알

겠다고 답했다. 남편은 저녁 메뉴로 무엇을 먹을지 물었다.

"우리 처음 만났던 날 기억해? 영등포 타임스퀘어에서 스테이크 먹었

잖아. 그때처럼 스테이크 어때?"

남편은 바지 주머니에서 핸드폰을 꺼냈다. 근처에 스테이크를 파는 곳

이 있는지 검색했다. 다행히 차로 10분 거리에 스테이크를 파는 가게가

있었다. 10년 전 처음 만났을 때처럼 우리는 스테이크와 와인 두 잔을 시

켰다. 음식이 나오기를 기다리며 테이블에 앉아 있는데 남편이 다시 입

을 열었다.

연애 시절을 이야기하며 추억에 잠길 땐, 남편이 내 손등을 어루만졌다. 그의 손길과 눈빛은 따뜻하고 애틋했다. 선천성 외사시로 태어난 둘째가 수술하던 날과 시골로 이사하며 고생하던 날을 이야기할 땐, 남편의 눈시울이 붉어졌다.

"보기가 좋습니다. 특별한 날인가요? 와인 가득 따라 드릴게요."

레스토랑 사장님께서 잔이 찰랑거릴 정도로 와인을 가득 채워주셨다. 저녁을 먹고 나오면서 남편이 만 원을 꺼내 들며 말했다.

"우리 만 원의 행복 누릴까?"

우리는 시골 책방으로 가는 길목에 있는 편의점으로 갔다. 만 원으로 캔맥주 4개를 샀다. 책방으로 다시 돌아갔을 땐 사방이 어두웠다. 내가 사는 곳보다 더 깊은 시골이어서인지 빨리 어두워진 듯했다. 마당에 있는 수돗가 옆에 모닥불이 피워져 있었다. 남편은 모닥불 앞에 놓인 의자에 앉았다. 이런 날 빠지면 안 되는 것이 음악이다. 나는 핸드폰으로 신효범의 '사랑하게 될 줄 알았어'를 틀었다.

남편은 캔맥주를 마시며 또다시 이야기를 늘어놓았다. 나는 그의 말이 끝나갈 때 즈음, 술과 흥에 취해 춤을 추었다. 한바탕 웃고 떠들다 모닥불이 꺼져서야 우리는 게스트 하우스로 들어가 잠을 청했다. 잠들기 전, 나는 새벽 5시에 알람을 맞추어놓았다.

알람 소리에 맞춰 일어났더니 이제 막 동이 터오고 있었다. 오늘이 퇴실이어서 조금이라도 더 책방 풍경을 만끽하고 싶은 마음에 책방 마당으로 나갔다. 소나무 숲을 걸었다. 꽃향기가 났다. 어디서 나는 향인지 주위를 둘러보았다. 흰 꽃이 흐드러지게 피어난 꽃나무가 보였다. 바닥에 떨어져 있는 흰 꽃을 주워 꽃내음을 맡았다. 그렇게 나는 한참 꽃나무 아래에 있었다. 5월의 새벽 공기와 소나무 숲의 청량한 바람을 타고 풍겨오는 꽃내음으로 황홀했다. 책방지기는 샌드위치를 정성껏 준비해주었다. 우리는 그것을 아침으로 먹었다.

남편에게 책 읽을 시간을 마련해주기 위해 북 스테이를 신청한 것이었는데, 우리의 시간은 진솔한 대화로 채워졌다. 시골 책방에서의 하룻밤은 특별했다. 그간 내가 듣고 싶었던 남편의 속마음을 1박 2일에 걸쳐 들을 수 있었다. 이곳에 오지 않았더라면 이런 기회가 없었거나 더 늦어졌을지도 모른다. 책을 얼마 읽지 못했지만 북 스테이 비용이 하나도 아깝지 않다. 돈으로 살 수 없는 경험을 한 것만으로도 충분히 북 스테이 비용을 넘어섰다.

서로 말은 안 했지만, 내가 육아에 지친 만큼 남편도 마찬가지였을 것이다. 몸이 부대끼면 누군가에게 말할 힘도, 누군가의 이야기를 들을 여유도 없다. 어른에게도 일탈이 필요하다. 긍정적인 일탈 말이다. 일탈은 새로운 것을 경험하게 하고 활력을 불어넣는다. 남편은 일상을 벗어나 시골 책방에서 보낸 하룻밤 이후로 말수가 늘고 애정 표현이 더 과감해졌다.

시골 책방 조식

나를 나답게 하는 한 문장

『다음 생엔 엄마의 엄마로 태어날게』, 선명 지음

3장 나만의 언어를 찾는 9가지 방법 · 135

진술은 일이나 상황을 자세하게 이야기하는 것이다. 진술 형식 에세이를 쓸 때 경험과 하고 싶은 말을 구체적으로 쓰는 것이 중요하다. 소설 형식 에세이와 진술 형식 에세이의 차이를 분명히 하기 위해 대화체로 중심을 잡았다. 나는 진술 형식 에세이를 쓸 때 대화체를 문장 안에 넣는다.

〈예시〉

– 소설 형식 에세이

"애들 내가 볼 테니까 북 스테이 다녀와. 내가 예약했어."

남편이 기뻐할 줄 알았는데 뜻밖의 말을 듣게 되었다.

– 진술 형식 에세이

나는 남편에게 "애들 내가 볼 테니까 북 스테이 다녀와. 내가 예약했어." 하고 말했다. 남편이 기뻐할 줄 알았는데 뜻밖의 말을 듣게 되었다.

〈예시〉

경험과 전하고자 하는 이야기를 구체적으로

매일 나는 무언가를 지어 올린다. 가족의 밥과 평안을 짓고, 아이의 미래를 짓고, 글을 짓는다. 살림을 깔끔하게 하고 아이에게 음식을 잘해 먹이는 엄마로 동네에서도 소문이 날 정도였던 내가, 살림을 내려놓게 된 것은 본격적으로 글을 쓰기 시작하면서였다.

누구나 글을 쓰려면 시간이 필요하다. 나의 일과 중 아이의 미래를 짓는 육아와 요리는 꼭 해야만 하는 일이어서 살림을 일정 부분 내려놓기로 했다. 하루에 6시간은 무조건 컴퓨터 앞에 앉겠다고, 하루에 에세이 한 꼭지는 완성하겠다고, 나와 약속했다. 이 약속은 글쓰기 모임에서 받은 무시에서 비롯된 오기였다. 글을 쓸 시간을 만들 수 있다면 집 안이 덜 청결해도 괜찮았다. 하루에 에세이를 5편 쓴 날은 기뻤고, 6시간을 앉아 있어도 한 꼭지도 완성하지 못한 날은 슬펐다.

3년간 글을 쓰며 앞만 보고 달렸다. 열심히 달리다가 돌부리에 걸려 넘어지는 날도 있었다. 출간 작가가 아닌 일반인의 글을 공식적으로 불특정 다수에게 선보이는 기회를 얻기란 어려운 일이었다. 독자에게 내 글이 가 닿으려면 실력과 상관없이 단행본이 있어야 하는 것이었다. 어디에선가 '보여줘. 너의 존재를 증명해 보이란 말이야.'라는 마음의 소리가 들려왔다. 내가 책을 써야 하는 시기가 왔음을 알았다.

　그 전에, 내 글을 객관적으로 평가받고 싶었다. 글쓰기 수업에서 거쳐온 작가가 8명이지만 날 모르는 사람에게 평가받기를 원했다. 글을 누구에게 보여주어야 할지 고민하다가 다른 작가를 찾기로 했다. 인터넷에 '글쓰기 수업'을 검색했다. 연관 검색으로 '책 쓰기 수업'도 찾을 수 있었다. 그중 글에 대해 무료 피드백을 해준다는 문구가 보였다. 누가 무료로 글을 봐주나 싶은 마음에 의심스러웠지만, 찬밥 더운밥 가릴 때가 아니었다. 적혀 있는 번호로 메시지를 보냈다. 연락이 올 것이라고 기대하지 않았는데 하루가 채 되지 않아 답장이 왔다. 메일로 글을 보내달라는 내용이었다. 여전히 믿음이 가지 않았지만, 메일로 세 편의 글을 보냈다.
　다음 날 나는 한 남자와 ZOOM으로 만났다. 그는 자신을 책 쓰기 학원 대표라고 소개했다. "글 언제부터 쓰셨어요?" 하고 그가 물었고, 나는 3년이 되었다고 답했다. 그는 "와, 3년이요?" 하고 말했다.

한마디 피드백도 없이 그는 뜻밖의 제안을 했다. 원고 작업을 맡기고 싶다는 것이었다. 나는 책 쓰기 학원 상호와 수업 방식에 관해 물었고, 그는 사업자등록증을 보여주었다. 학원 홈페이지와 현재 수강생이 쓴 책도 알려주었다. 사기는 아닌 듯했다. 육아와 살림을 하며 할 수 있는 재택근무였다. 조건과 급여도 나쁘지 않았다.

책 쓰기 학원을 운영하고 있으니 그는 출간 과정을 알고 있을 것이었다. 나는 "책 쓰기 과정이 어떻게 되나요?" 하고 물었다. 그는 2가지 방법을 알려주었다. 첫 번째는 써 놓은 글을 하나의 주제로 묶어서 엮는 것이고, 두 번째는 주제를 정하고 장을 나눠 정해진 목차대로 글을 쓰는 것이었다.

3년간 에세이만 1,000편을 넘게 썼으니 나는 당장이라도 책을 출간할 수 있을 것만 같았다. 나는 3일에 걸쳐 습작해놓은 글을 분류했다. 세 권 분량이었다. 그중 하나의 원고를 책을 열 권 출간한 B 작가에게 보여주었다. B 작가의 첫 마디는 그동안 책 안 쓰고 뭐 했느냐는 것이었다. 더 손볼 것은 없고 목차를 재구성해서 출판사에 투고하면 되겠다고 덧붙였다.

그런데 어쩐지 습작한 글들이 마음에 들지 않았다. 불과 6개월 전에 쓴 글도 어딘지 모르게 엉성했다. 그 사이 나의 쓰는 능력은 더 발전한 듯했다. 원고를 새롭게 쓰고 싶었다. 내가 쓸 수 있는 주제를 정하고 글을 쏟아내기 시작했다. 두 달 보름간 100편이 조금 넘는 글을 썼다. 실패작이었다. 책 쓰기는 글쓰기와 비슷하면서도 결이 달랐다. 책을 한 번도 써본 경험이 없으니 어쩌면 실패하는 것이 당연할지도 몰랐다.

마지막으로 한 번만 더 초고를 써 보기로 마음먹었다. 노트에 어떠한 글을 쓸지 적어 내려갔다. 적은 것을 바탕으로 약 2주 동안 38편의 글을 썼다. 이번엔 무언가 될 듯한 기분이었다. 작은 희망을 본 그날 일이 터져버렸다. 둘째가 하교하고 나서부터 아무 말 없이 방문을 닫고 들어가 한참을 나오지 않았다. 왜 그러는지 영문을 알 수 없었다.

내가 할 수 있는 일은 그저 둘째가 스스로 나올 때까지 기다리는 것이었다. 3시간이 지난 뒤에야 방문 열리는 소리가 났다. 눈치채지 못하게 안 보는 척하며 조심스럽게 고개를 돌려보니 금방이라도 울 것처럼 둘째의 눈이 그렁그렁했다. 둘째는 나를 보는 둥 마는 둥 하더니 종이에 글을 써서 가져왔다.

화가 나면 포케몬카드를 사세요.

짜증 날 때도

삐질 때도

말을 안 들어줄 때도

말을 걸언는대 안미더 죠도

거진말 해도

게임을 하지 말라고 해도

드래곤 타입

며칠 전 둘째가 형처럼 포켓몬스터 카드를 갖고 싶다고 한 말이 떠올랐다. 그리고 보니 요즘 들어 부쩍 둘째가 짜증을 자주 냈다. 책 쓰기에 집중하느라 아이의 말에 귀 기울이고 마음을 헤아려 주지 못한 듯해 죄책감이 들었다. 아이의 정서와 책 쓰기 중 하나를 선택해야 하나 심각하게 고민했다.

그러나 어느 것 하나도 포기할 수 없었다. 이럴 땐 계획을 다시 설정해야 한다. 부족한 10편의 글을 오늘 안에 끝내기로 마음을 굳혔다. 1박 2일에 걸쳐 10편을 더 써냈다. 총 48편의 글 중 괜찮은 것을 추렸다. 책을 출간하고 싶은 출판사에 이메일을 보내고 연락이 오길 기다렸다. 원하는 출판사에서 연락이 왔고 망설임 없이 계약서에 도장을 찍었다.

　나의 세계를 열고 아이의 미래를 짓는 일이 순탄하지 않았지만, 상황에 맞게 계획을 재설정했기에 육아와 출간이라는 사이에서 균형을 잡을 수 있었다. 아이의 정서가 불안정하다는 것을 알면서도 책 쓰기를 포기하지 않았던 것은 아이가 소중한 만큼 나 자신도 소중해서다. 엄마의 책임과 의무를 다해야 한다는 것을 안다. 그러나 나는 글을 쓰며 간신히 되찾은 나를 다시 잃어버리고 싶지 않았다.

　책은 수정을 거치고 2022년 8월 12일에 출간되었다. 그렇게 나는 가슴에 출간 작가라는 이름표를 달게 되었다. 아이가 성장해도 엄마의 손길이 필요하다. 아이의 미래를 짓는 일과 나의 세계를 여는 일 사이의 불균형은 계속될 것이다. 엄마와 엄마가 아닌 나답게 살기 위해 더욱 균형을 잘 잡아야 할 시기다.

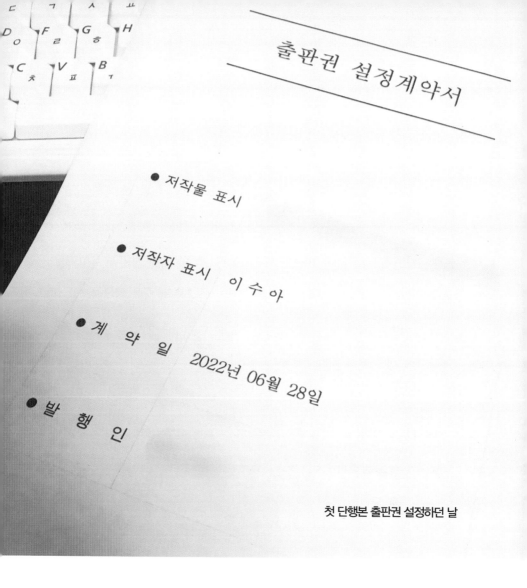

출판권 설정계약서

● 저작물 표시

● 저작자 표시　이 수 아

● 계 약 일　2022년 06월 28일

● 발 행 인

첫 단행본 출판권 설정하던 날

나를 나답게 하는 한 문장

『고독을 건너는 방법』, 이인 지음

사유는 대상을 두루 생각하는 것이다. 즉, 떠오르는 생각에 대한 답을 찾아 나가는 과정이다. 사유에는 생각, 느낀 점, 의견, 주장, 소감 등이 포함된다. 사유 형식 에세이는 맥락을 논리적으로 쓰는 것이 중요하다. 문단과 문단 간의 관계성이 긴밀해야 한다. 하나를 놓고도 저마다 생각하는 것이 다르기에 설득력을 요하는 에세이다. 아래 예시는 내가 '고독과 외로움'에 관해 사유한 글이다.

〈예시〉

글의 맥락을 논리적으로

고독과 외로움은 비슷하면서도 다르다. 고독과 외로움의 공통점은 홀로 된 쓸쓸한 마음이나 느낌이다. 그 쓸쓸함이 심해지면 사람들은 고독하다고 말한다. 사실 우리가 외로움을 느끼는 것은 혼자 있을 때보다 누군가와 함께인 경우가 대부분이다. 누구나 이러한 경험이 한 번쯤은 있을 것이다. 어느 집단—무리—에 속해 있으면서도 외롭다고 느낀 경험. 분명 혼자가 아닌데 외로운 이유는 차별, 비교, 소외로 인해서다.

혼자일 때 외로움을 느낀다면 혼자인 상황이 낯설어서다. 그 낯섦을 파고드는 고통으로 쓸쓸한 마음이 되는 것이다. 그러니까 혼자일 때보다 함께인 적이 더 많았다는 것, 누군가와 함께일 때 외로움을 느끼는 상황보다 그렇지 않은 적이 더 많았다는 것을 뜻한다. 고통은 혼자에 익숙해질수록 점점 줄어든다. 그러다 고통이 느껴지지 않는 순간을 맞이하게 된다. 고독의 길로 접어든 것이다.

고독과 외로움의 차이는 고통의 유무다. 즉, 혼자일 때 고통을 느낀다면 외로운 것이고, 혼자일 때 고통이 느껴지지 않는다면 고독한 것이다. 고독한 날이 겹겹이 쌓이면 어느 순간부터 고독을 즐기게 된다. 혼자여도 괜찮다는 것이고, 혼자 무언가를 해도 자연스럽다는 것이고, 혼자 어떠한 일에 몰입하게 되었다는 것이다. 그래서 고독한 사람은 고독을 모른다.

나의 한 시절을 이룬 지난 1년을 이야기하려 한다. 누군가는 이제 그 얘기는 그만 좀 하라고, 지겹다고, 또 그 얘기냐고 할지도 모르겠다. 자의 반 타의 반으로 외로움을 마주하다가 고독해졌는지도 모른 채 고독한 사람이 되어갔던 그날을 어떻게 잊을 수 있을까. 아마 나는 평생 말할 것만 같다.

2년 전의 어느 날, 나는 단 한 번도 들어보지 못했던 사회 불안증이라는 병명을 듣게 되었다. 아는 사람을 만나도 힘들고, 낯선 사람을 만나는 것은 더 힘들고, 집 밖으로 나가면 무슨 일이 벌어질 것 같아 무섭고, 낯선 장소에서는 길을 헤맬 만큼 두려움에 떨었다. 지금은 누군가를 만나기도 하고 낯선 장소에도 곧잘 간다. 하지만 정신을 바짝 차리지 않으면 종종 아는 길도 헤맨다. 이럴 때면, 나는 아직 환자인가, 이대로 괜찮은 것인가 하는 생각에 마음이 내려앉아 다리에 힘이 풀려버린다.

다시 누군가와 손잡기까지 나는 1년이라는 시간을 사회와 단절된 채 지냈다. 쓸쓸하다가 나도 모르는 사이 언제인가부터 외로움을 느끼지 못했다. 고독의 문을 연 것이었다. 그때는 내가 고독해졌는지 알지 못했다. 그 이유가 책과 글이 있어서였다는 것을 뒤늦게 알아차렸다. 그 한 해 동안 읽은 책이 100권이 넘는다. 한 권을 읽을 때마다 독후감을 써 놓아서 100권 이상 읽었다는 것을 알 수 있다. 좋게 말하면 몰입한 것이고 나쁘게 말하면 매달렸다는 표현이 어울린다.

스스로 고독해져 가는지도 모른 채 왜 그렇게 책과 글쓰기에 매달려 살았는지 모르겠다. 살고 싶었다. 시들어 가는 나를 살려내기 위한 고독한 외침이었다. 외롭다고 말하는 사람에게는 연민이나 동정을 품게 된다. 고독한 사람을 볼 때면 그저 고개를 끄덕인다. 내가 당신의 고독을 이해한다는 듯이. 고독한 사람은 고독을 모르기에 고독하다고 말하지 않는다. 고독하다고 말하는 사람은 쓸쓸한 마음으로 인해 고통을 느끼는 것이다. 고독한 것이 아니라 외로운 것일지도 모른다.

고독한 사람은 고독을 모른다.

고독한 사람이 되었다는 것을 다 지나고 나서야 알게 될 뿐이다.

외로움과 고독 속에서 함께한 책들

나를 나답게 하는 한 문장

새것을 찾는 것이 아니라 새롭게 하는 방법을 찾는 것.
일상을 낯설게 보고 그 안에서 본질을 발견하는 것. 이
미 익숙하고 흔하다고 생각하는 것에서 영원한 삶의 의
미를 발견하는 것. 그것이 중요하지 않을까 생각합니다.
(p.28)

『나를 살게 하는 것들』 김창옥

좋은 문장 쉽게 쓰는 법

좋은 문장과 좋은 글에는 공통점이 있다. 독자가 이해하기 쉽다는 것이다. 좋은 문장과 좋은 글은 쉽게 읽힌다. 아무리 문장이 유려하고 알찬 정보가 담긴 글이어도 읽는 사람에게 전달되지 않으면 소용없다. 쉬운 문장은 간결하고 정확하다. 글은 읽는 사람이 가진 문해력을 거쳐 해석된다. 에세이는 직관적이어야 한다.

쓰는 근력이 붙으면 분량을 길게 쓸 수 있다. 나는 한 번 쓰기 시작하면 종종 A4 용지 3장을 넘겨 쓴다. 내가 처음 글을 썼을 때 하나의 문장을 쓰는 데 약 1시간이 걸린 것에 비하면 놀라운 발전이다. 그런데 문제점도 있다. 그건 만연체를 구사한다는 것이다. 만연체는 많은 어구를 이용해 반복·부연·수식·설명함으로써 문장을 장황하게 표현하는 것이다. 정보를 충분히 전달할 수 있는 장점이 있고, 문장의 긴밀성이 떨어지는 단점이 있다. 만연체는 직관력이 떨어져 한 번에 해석하기 어렵다.

언젠가 나는 만연체를 고치려고 노력했다. 아직도 만연체를 구사하지만, 시행착오를 거쳐 좋아진 편이다. 글쓰기에 정해진 답은 없다. 지금 와 돌아보면 만연체를 굳이 고칠 필요는 없었다. 다만, 만연체를 구사하는 것이 특징이라면 다른 필살기가 있어야 한다. 만연체를 구사하는 작가가 있다. 그의 글은 독자들의 사랑을 받고 있다. 그는 남들과 다른 통찰력을 글에 담아낼 수 있는 작가다. 이런 강점이 없다면 만연체를 읽는 피로를 감수하면서까지 글을 읽어줄 독자가 얼마나 될까.

좋은 문장은 물 흐르듯 읽힘과 동시에 쉽게 이해된다. 처음 글을 쓴다면 2가지만 기억해도 쉬운 문장을 쓸 수 있다. 첫째, 단문 사용. 둘째, 주어, 목적어, 서술어 호응. 문상은 형용사와 부사로 꾸며줄 수 있다. 그러나 잘 쓰지 못하면 군더더기가 된다. 의존명사도 때에 따라서 군더더기기로 작용한다. 의존명사를 의도하고 사용한 것이 아니라면 대부분 글습관이다. 어휘를 능숙하게 부릴 줄 알면 상관없지만, 불필요한 단어는 삭제하는 것이 좋다.

〈쉬운 문장 쓰기의 예〉

[단문] : 주어, 목적어, 서술어 호응. 부사 삭제로 문장을 간결하게
나는(주어) 책을(목적어) 많이(부사) 좋아한다(서술어).
→ 나는 책을 좋아한다.

[장문] : 장문을 단문으로
나는 속눈썹 파마를 좋아해 꾸준히 하고 있는데 이것은 자신감을 유지시켜주는 하나의 수단이기도 하며 한 번 받을 때마다 약 40분이 걸리고 파마하는 동안 원장님과 이러저러한 이야기를 나누다 보면 시간이 빨리 간다.
　→ 나는 속눈썹 파마를 좋아해 꾸준히 하고 있다. 이것은 자신감을 유

지시켜준다. 한 번 받을 때 약 40분이 걸린다. 원장님과 이야기를 나누다 보면 시간이 빨리 간다.

...

글을 쉽게 쓰려면 한 가지 맥락으로 나아가야 한다. 한 편의 글에 하나의 이야기를 다루면 맥락이 여러 갈래로 흩어지는 것을 막을 수 있다. 보통 일상 에세이는 경험을 쓴다. 에피소드만 쓰면 단순히 이야기를 전달하는 것에 지나지 않는다. 글쓴이가 말하고 싶은 것이 무엇인지 경험을 통해 드러나야 한다. 좋은 에세이는 글쓴이가 전하고자 하는 메시지가 명확하다.

글을 쓰기 시작한 지 얼마 안 된 사람들은 문단 나누기와 행갈이에 익숙하지 않다. 어디서 문단을 나누고 행갈이를 해야 할지 몰라 문장을 이어서 쓰는 사람도 많다. 문단 나누기와 행갈이는 여백을 남긴다. 활자가 빽빽한 것보다 여백이 있으면 시각적으로 편하게 보인다. 읽는 거부감도 덜 든다. 처음 글을 쓸 때부터 문단 나누기와 행갈이를 하는 습관을 들여야 한다.

〈쉬운 글의 예〉

주택 살이 6년 차가 되니 모닥불 피우는 선수가 되었다. 오늘도 나는 5분 만에 모닥불을 지폈다. 고구마를 포일로 감싸고 불길에 던져넣었다. 그 위에 불판을 올리고 고기를 구웠다. 주영이가 "엄마, 고기에서 육즙이 흘러넘쳐. 먹으니까 팡팡 터지네." 하고 말했다. 주영이의 표현력이 보통이 아니다. 유튜브 먹방의 영향이 큰 듯하다. 고기 킬러인 효준이는 호호 불어먹느라 정신이 없다. 나는 한바탕 고기와 고구마를 굽느라 땀범벅이 되었다. 마당 한쪽에 앉았다. 땀을 식히며 하늘을 올려다보았다. 노란색 달빛이 영롱하다.

→ (들여쓰기) 주택 살이 6년 차가 되니 모닥불 피우는 선수가 되었다. 오늘도 나는 5분 만에 모닥불을 지폈다. 고구마를 포일로 감싸고 불길에 던져 넣었다. 그 위에 불판을 올리고 고기를 구웠다. 주영이가 "엄마, 고기에서 육즙이 흘러넘쳐. 먹으니까 팡팡 터지네." 하고 말했다. 주영이의 표현력이 보통이 아니다. 유튜브 먹방의 영향이 큰 듯하다. (문단 나누기)

(들여쓰기) 고기 킬러인 효준이는 호호 불어먹느라 정신이 없다. 나는 한바탕 고기와 고구마를 굽느라 땀범벅이 되었다. 마당 한쪽에 앉았다.

땀을 식히며 하늘을 올려다보았다. 노란색 달빛이 영롱하다. (행갈이)

(들여쓰기) 무엇을 하든 처음부터 잘하는 사람이 얼마나 될까. 서툴러도 계속하다 보면 익숙해지는 날이 온다. 한두 번만으로 일을 능숙하게 해내는 사람도 있겠지만 대부분 그렇지 않다. 그러니 몇 번 해보고 포기하기보다 손에 익을 때까지 지속하는 것이 중요하다.

글쓴이가 전하고자 하는 문장은 어디에 들어가도 상관없다. 나는 마지막 문단에 쓰는 편이다. 더불어 글 전체를 아우르는 문장으로 마무리 짓는다. 위 예시에서 글을 통해 말하고 싶은 메시지가 담긴 문단을 마지막에 추가했다. 밑줄 그어진 문단이 추가된 것이다.

여기에 문단 나누기와 행갈이를 해주었다. 문단은 하나의 짧은 이야기다. 행갈이는 글 줄을 바꿔주는 것이다. 문단 나누기는 글이 길어질 때 한다. 문단을 나눌 때 저마다의 기준이 있을 것이다. 나는 문장의 흐름이 바뀌는 구간에서 문단을 나눈다. 흐름이 그대로면 5줄, 많게는 6줄 정도에서 문단을 나눈다.

글의 첫 문장은 들여쓰기한다. 들여쓰기란, 컴퓨터 프로그램에서 소건

문 · 반복문 따위가 발생할 때 의미를 명확하게 표현하기 위해 위쪽 끝에서 오른쪽으로 일정한 간격을 벌려주는 것이다. 쉽게 말해, 컴퓨터 자판에서 스페이스바를 한 번 누르면 된다. 문단 나누기 후 첫 문장에서도 역시 들여쓰기한다. 행갈이는 맥락이 끊기는 구간에서 해준다. 한 편의 글에서 행갈이는 두세 번이면 충분하다.

2. 군더더기 없는 문장 만들기

군더더기는 쓸데없이 덧붙은 것이다. 문장에 군더더기가 많다는 것은 불필요한 수식(꾸밈)이 들어갔다는 뜻이다. 접속(부)사, 부사, 형용사, 의존명사를 잘못 사용하면 군더더기가 붙은 문장을 쓰게 된다. 수사법은 효과적 · 미적 표현을 위해 문장과 언어를 꾸미는 방법이다. 과도한 수사법 역시 군더더기에 불과하다.

여러 글쓰기 수업에서 가능한 접속사를 사용하지 않길 권한다. 어느 수업에서는 접속사 사용을 금지하기도 한다. 내 주위에는 접속사를 사용하지 않고 글을 써야 필력이 있다고 생각하는 동료 작가도 많다. 그만큼 접속사를 꺼리는 분위기다. 그러나 나는 다른 의견을 가지고 있다. 무엇이든 극단적인 것은 좋지 않다. 책을 읽다 보면 접속사가 적절한 곳에 배치된 문장을 볼 때가 있다. 접속사를 빼면 앞 문장과 뒤 문장의 흐름이 깨질 수 있다. 필요한 곳에는 접속사가 꼭 들어가야 한다.

그러면 왜 접속사 사용을 자제하거나 금지하라고 하는 걸까. 적절한 곳에 접속사를 넣지 못해서다. 이럴 땐 접속사를 빼고 쓰는 방법을 익혀야 한다. 접속사를 모두 제거한 글을 낭독해보면 어디에 접속사를 넣어야 할지 보인다. 접속사가 없어도 문장의 맥락이 이어지면 사용할 필요 없다. 그러나 (지금 이 문장처럼) 앞 문장과 반대되는 문장을 뒤에 쓸 땐 접속사를 넣어야 한다. 필요한 곳에 접속사가 빠지면 글의 논리성을 떨어뜨려 읽는 사람을 혼란스럽게 만든다.

〈예시〉

1. 접속사가 불필요한 문장

졸업 후 부속유치원의 정교사가 되었다. (그리고) 유치원 교사로 일하며 어머니들을 보고 느낀 것은 부러움이었다.

2. 접속사가 잘 쓰인 문장

불편한 상황을 좋아하는 사람은 없다. 그럼에도 불구하고 나는 의견을 말한다. 그를 진심으로 생각한다면 불편함을 감내하고 조언해주어야 한다고 믿기 때문이다.

부사, 형용사, 의존명사도 접속사와 마찬가지로 꼭 필요한 곳에 사용해야 문장에 군더더기를 줄일 수 있다.

〈예시〉

1. 부사가 불필요한 문장

내가 (가장) 최고로 꼽는 음식은 떡갈비이다.

2. 부사를 명확하게 바꿀 수 있는 문장

나는 제일 친한 친구가 많다. → 나는 제일 친한 친구가 2명 있다.

3. 부사가 잘 쓰인 문장

간밤부터 비가 내린 모양이었다. 그래도 공기가 차진 않았다.

〈예시〉

1. 형용사가 불필요한 문장

바다에 햇빛이 닿아 물결이 (눈부시게) 반짝였다.

2. 형용사를 명확하게 바꿀 수 있는 문장

언니는 빠르게 샤워하고 나왔다. → 언니는 10분 만에 샤워하고 나왔다.

3. 형용사가 잘 쓰인 문장

우리는 찬란한 한 시절을 지나고 있다.

⟨예시⟩

1. 의존명사가 불필요한 문장

진통제를 먹는 (것이) 도움이 된다 → 진통제를 먹으면 도움이 된다.

2. 의존명사가 잘 쓰인 문장

다른 교통수단은 없다. 서울역까지 가려면 지하철을 타는 것뿐이다.

나를 나답게 하는 한 문장

쉽게 그린 그림은 보는 사람들도 편하게 감상할 수 있다. (p.73)

『호두나무 작업실』 소윤경 지음

〈용인시 소재, 카페 무감〉 2022년 12월 영업 종료

8

문장부호 알맞게 쓰는 법

1. 문장부호를 잘 부리는 기술

나는 출간 작가가 되고 나서 존경하는 작가님께 크나큰 인정을 받았다. 문장을 다룰 줄 안다는 말을 들은 것이다. 정확하게는 문장부호를 적절히 쓸 줄 안다는 말이었다. 작가들은 문장부호를 잘 부릴 줄 아는 사람의 실력을 높이 평가하는 면이 있다. 문장부호는 느낌표(!), 물결(~), 말줄임표(…), 괄호(〈 〉), 온점(.), 반점(,), 물음표(?) 등과 같이 문장의 뜻을 잘 이해하기 위해 쓰는 기호다. 온점은 마침표, 반점은 쉼표로 부르기도 한다.

  괄호에는 여러 종류가 있다. 에세이에 주로 사용되는 괄호는, 소괄호(( )), 홑화살괄호(〈 〉), 홑낫표(「」), 겹화살괄호(《 》), 겹낫표(『』) 등이 있다.

〈괄호 사용 방법〉

소괄호(( ))

: 주석이나 보충적인 내용을 덧붙일 때 사용한다.

홑화살괄호(〈 〉), 홑낫표(「」)

: 소제목, 그림이나 노래와 같은 예술 작품의 제목, 상호, 법률, 규정 등을 나타낼 때 사용한다. 홑화살괄호나 홑낫표 대신 작은따옴표를 쓸 수 있다.

겹화살괄호(《 》), 겹낫표(『』)

: 책의 제목이나 신문 이름 등을 나타낼 때 사용한다. 겹화살괄호나 겹낫표 대신 큰따옴표를 쓸 수 있다.

글을 쓸 때 느낌표, 물결, 물음표 사용을 자제하는 것이 좋다. 연달아 쓰는 '!!, ~~~, ??'식의 표현도 하지 않길 권한다. 그 이유는 느낌표, 물결, 물음표가 들어가면 문장이 가벼워 보일 수 있어서다. 이 문장부호를 남발하면 전체적으로 글이 가볍게 느껴진다. 그럼, 느낌표, 물결, 물음표를 어디에 사용하면 좋을까. 주로 대화체에 쓴다. 다수의 사람이 물음표를 '~까'로 끝나는 문장 뒤에 습관적으로 붙인다. 물음표는 마침표로 대신할 수 있다. 물음표가 없으면 문장이 어색해 보이거나 읽는 데 이해가 안 될까. 그렇지 않다. 되려 물음표를 제거하고 마침표를 찍으면 문장이 깔끔해 보인다.

말줄임표는, 할 말을 줄이거나 글 일부를 생략할 때 사용한다. 더 말할 것이 없다는 감정적인 표현에서도 쓰인다. 할 말을 줄이거나 여운을 남길 때 점 세 개(…) 혹은 여섯 개(……)를 선택적으로 쓴다. 문헌의 글을 인용할 때 첫머리에서 글 일부를 생략하거나 중간의 문장을 생략하는 경우가 있다. 여기에는 점 세 개(…)를 쓴다. 이때 말줄임표에 괄호까지 포함한다. 이인 작가님의 『나의 까칠한 백수 할머니』 책에 수록된 글로 예를 든다.

<예시>

(…) 남동생은 동생들이 자신의 집으로 올 때까지 버텼다. 그리고 자신을 찾아온 동생들의 얼굴을 보고서는 새벽에 세상을 떴다. (…) 피 여사는 장례식에 갈 엄두를 내지 못했다. 차의 뒷좌석에 앉아 장시간 버틸 수 있지 않았다. (p.213)

공교육을 받은 사람이라면 마침표를 어디에 사용해야 할지 설명하지 않아도 알 것이다. '~다'로 문장을 완결할 때 마침표를 찍는 것이 일반적이다. 하지만 마침표는 미완성된 문장에서도 필요하다. 그간 만나온 글벗 중에는 미완의 문장에서 마침표를 찍지 않는 사람이 여럿이었다. 완결된 문장과 미완의 문장을 떠나 하나의 문장이 끝나면 그에 맞는 표시를 해야 한다. 나는 이것을 독자에 대한 예의라고 여긴다. 글에서는 작은 점 하나가 큰 차이를 만든다.

<예시>

완결된 문장 : 그 당시, 나는 막 글을 쓰기 시작한 새내기였다.

미완성된 문장 : 그 당시, 나는 막 글을 쓰기 시작한 새내기였을 뿐.

미완의 문장은 글맛을 살려주는 장점이 있다. 그러나 자주 나오면 곤란하다. 글쓴이의 실력을 돌아보게 한다.

내가 가장 중요하게 여기는 문장부호는 쉼표다. 쉼표는 글쓴이가 찍고 싶은 곳에 사용하면 된다고 믿는 사람이 많다. 그러나 쉼표 사용에도 규칙이 있다. 쉼표는 사용 범위가 넓다. 쉬운 것 같으면서도 어려운 문장부호다. 쉼표는 장문에서 쉽게 볼 수 있다. 글이 길 때 하나의 의미가 담긴 문장에 쉼표를 찍는다. 그 외에 단어와 문장을 나열하거나 문장에 담긴 뜻의 정확성을 나타낼 때 사용한다.

〈쉼표 사용의 예 3가지〉

1. 장문

어느 날부터 남편에게 읽은 문장에 대한 내 생각을 줄줄 이야기하기 시작했고, 나는 성에 차지 않은 나머지 컴퓨터 앞에 앉아 무한대로 글을 쏟아내기 시작했다.

2. 단어와 문장의 나열

애를 써도 결국 멀어지고 곁에 남을 사람이 정해져 있다. 그러나 인간관계에 돈, 시간, 에너지를 쓰는 일은 헛되지 않다.

A에 대한 평은 저마다 다를 것이다. 누군가는 좋은 사람이라고, 누군가는 별로인 사람이라고, 누군가는 나쁜 사람이라고 말한다.

3. 문장 뜻의 정확성
1) 나는 처음으로, 배려받고 감동했다.
2) 나는 처음으로 배려받고, 감동했다.

'나는 처음으로 배려받고 감동했다.'라고 써도 무방하다. 그러나 읽는 사람에 따라 2가지로 해석될 수 있다. 하나는, '처음으로 감동했다'라는 뜻으로. 다른 하나는, '배려받고 감동했다'라는 뜻으로. 1) 은, '다른 사람에게 배려받아봤지만, A에게 받아 본 배려가 처음이었다. 그래서 감동했다'라는 뜻으로 읽힌다. 2)는 '태어나서 처음으로 배려받아봐서 감동했다'라는 뜻으로 읽힌다. 쉼표 하나로 문장 해석이 달라진다.

2. 말줄임표시에 관해

언젠가 내가 참여했던 글쓰기 모임에서 A는 점을 찍을 때 여섯 개를 사용해야 한다고 말했다. 여기서 말하는 점은 말줄임표시(…)다. 나는 그날 점 세 개를 찍은 글을 가져갔고 A는 그에 대해 조언한 것이다.

나는 A에게 왜 점을 여섯 개를 찍어야 하는지, 세 개는 안 되는지 물었다. A는 점 여섯 개를 사용하는 것이 기본이라고 답했다. 모임의 리더와 다른 일원도 A의 말이 옳다고 했다. A는 기자가 되기 위해 공부했던 사람이다. 나보다 글에 관해 더 잘 알 것이었다. 다르게 생각할 여지없이 A의 말을 그대로 믿었다. 그러나 점이 세 개만 찍힌 문장도 수없이 많다. 책에서 어렵지 않게 찾을 수 있다.

"지금도 골프채를 보노라면 그날 아빠가 휘두른 부당한 폭력이 가끔 생각난다. 이 쓰라린 경험 때문에 골프에 대한 반감이 생긴 것만은 아니다. 다시 강조하지만 일단 그 미학적으로 참기 힘든 골프웨어부터가…."
(p.223)
　ㅡ『자유로울 것』, 임경선 지음

한국어 어문 규범에 의하면 원래는 점 여섯 개가 원칙이었으나 2015년에 점 세 개도 허용으로 수정되었다. 또한, 온점으로 (말)줄임표를 대신하는 경우가 많아서 온점을 개수에 맞게 찍을 수 있다.

내가 참여해온 글쓰기 수업과 모임에서 말 줄임을 할 때 습관적으로 점을 두 개나 일곱 개를 찍는 습작생을 두 번 봤다. 점을 두 개만 찍으면 다소 문장이 가벼워 보이고, 일곱 개를 찍으면 문장이 늘어져 보인다. 하지만 세 개나 여섯 개가 아닌 다른 개수의 점이 찍힌 글을 볼 때면 점과 점 사이에서 한 사람의 감정이 읽힌다. 이런 면에서 다양한 점의 개수는 긍정적으로 작용한다. 책을 출간하게 되면 그 과정에서 점 세 개 혹은 여섯 개의 말줄임표를 사용하길 권유받는다. 그러니 말줄임표는 점 세 개 혹은 여섯 개 둘 중 하나를 선택해 사용하는 습관을 익히는 것이 좋다.

여행하며 읽은 책

나를 나답게 하는 한 문장

제가에게 잠 ; ;며,다 아예가 네다의 가 나도 기웃이 그의
당예가 지아였 가 도 어리가 자인 글 잘대 분 꿈리게 이리 발
ㅡ 저린아드 나 구롱

『전원에 머문 날들』, W.G. 제발트 지음

9

나만의 언어 찾기

글에도 말투처럼 글투가 있다. 글투는 글에 나타나는 특징적인 버릇이다. 쓰는 습관은 글투를 만든다. 습관을 고치는 것은 힘들고 어렵다. 글도 마찬가지다. 처음부터 글을 쓸 때 좋은 습관을 들여야 한다.

저마다 말과 글에 주로 사용하는 언어가 있다. 자주 쓰는 언어를 발견하는 순간, 나만의 언어 찾기가 시작된다.

〈그럼에도 불구하고 → 그럼에도〉

'그럼에도' 뒤에 '불구하고'가 붙으면 다소 무게가 느껴지고 문장이 경직되어 보인다. 나는 '불구하고'를 떼어내고 '그럼에도'만 사용한다.

〈~하기 때문이다 → ~이기에 그렇다 / ~이니까 / ~여서다〉

된소리가 나는 단어가 문장에 많이 들어가게 되면 다소 뾰족하게 읽힌다. 나는 구어체를 사용할 때 가능하면 된소리가(ㄲ, ㄸ, ㅆ, ㅉ) 나는 단어를 사용하지 않으려고 한다. 된소리를 줄이면 문장이 부드럽게 읽힌다.

〈그렇기 때문에 → 때문에〉

'때문에' 앞에 '그렇기'를 붙이지 않아도 충분히 말이 된다. 꼭 글에 들어가지 않아도 되는 어휘는 굳이 사용할 필요가 없다. 불필요한 언어를 제외하면 문장이 조금은 더 간결해진다. 나는 '그렇기'를 제외하고 '때문에'를 쓴다.

〈생각한다 → 여긴다〉

'생각한다'는 명사로 '생각하다'에서 미래형 선어말 어미 '-ㄴ'이 첨가된 것이다. 문장에 대한 책임감을 덜어주는 고마운 단어다. 나는 잘 모르는 상황을 쓸 때 '생각한다'를 주로 사용한다. 그러나 다소 문장에 자신감이 없어 보이는 단어다. 나는 내가 정말 모르는 경우에만 '생각한다'를 쓰고 대부분은 '여긴다'로 바꾼다.

〈~일 것 같다 → ~일 듯하다〉

안다고 말할 수도 없고 모른다고 하기에도 애매한 상황이 있다. 앎의 기준을 100%에 뒀을 때, 내가 아는 것이 50% 이상이면 '~일 듯하다'를, 50% 미만이면 '~일 것 같다'를 선택적으로 사용한다.

〈어릴 때 → 어릴 적〉

나는 된소리가 들어간 단어를 되도록 사용하지 않는다. 된소리가 나는 단어는 다른 어휘로 교체할 수 있는지 찾아보고 적용한다.

나는 감성을 자극하는 단어를 좋아한다. '고스란히', '스민다', '온전히', '다가온다', '내려앉는다' 등을 즐겨 쓴다. 또한, 부사 '그럼에도'를 좋아한다. 나는 글을 쓸 때 한 문장 안에 동어 반복을 피한다. 온라인 사전을 검색하면 같은 뜻을 가진 어휘를 어렵지 않게 찾을 수 있다. 마찬가지로 한 문장 안에 '~를 ~를', '~고 ~고', '~는 ~는'과 같은 보조사 반복도 조심한다. 보조사 반복은 문장을 나열하는 방식에서만 사용한다.

나는 한 문단 내에 있는 종결어미를 다양하게 표현하려고 애쓴다. 독자의 시선에서 '~한다, ~했다, ~다'로만 끝나는 문장을 읽다 보면 한 문단 안에 담긴 온도가 비슷해 읽는 맛이 건조해진다. 책 읽기를 힘들어하는 시대이니만큼 조금이라도 다른 감각을 주는 것이 좋다. 한 자라도 더 읽을 수 있게 도와주는 역할도 쓰는 사람의 태도 중 하나다. 그러나 단조로운 문장을 능가하는 특별함이 담긴 글이라면 크게 의미 두지 않는다.

나는 장문과 단문을 적절히 사용하기 위해 신경 쓴다. 되도록 장문의 앞과 뒤에 단문을 배치한다. 문장 간의 길이를 조절하면 읽는 호흡에 리

듬감이 생긴다. 읽는 맛이 저하된다고 여겨지면 과감히 장문을 연달아 쓰기도 한다.

　문장 안에 대화체를 쓸 때 일반적으로 큰따옴표(" ") 뒤에 '~하고' 혹은 '~라고'를 적는다. 내가 쓴 문장의 분위기가 긍정적이면 큰따옴표 (" ")뒤에 '~하고'를, 부정적이면 '~라고'를 사용한다. '무척', '몹시'와 같은 부사도 마찬가지다. 이 두 단어는 뒤에 오는 문장을 강조하는 부사다. 내가 쓴 문장의 분위기가 긍정적이면 '무척'을, 부정적이면 '몹시'를 선택해 글에 적용한다. 나는 부정적인 어휘를 선호하지 않는다. 그래서 '싫다'를 '좋아하지 않는다'로 바꾸어 쓴다. 그러나 어려운 내용을 쉽게 풀어 쓰지 못할 땐 언어를 순화하지 않는다. '싫다', '나쁘다'와 같은 단어를 직관적으로 쓴다.

　나도 모르게 자주 사용하는 단어가 있다. '세계', '언젠가', '시절' 등이다. 내가 좋아하지 않는 단어는 '어쨌든', '아무튼'과 같은 부사다. 책이나 글 제목으로는 괜찮아도 문장에 사용하는 것은 왜인지 꺼려진다. 내가 쓴 문장에 대한 책임을 회피하는 듯해 보여서다. 신경을 써서 글을 써도 의도한 대로 다 적용하기란 현실적으로 어렵다. 그럼에도 나와 내가 가진 감수성을 잘 담아내기 위해서 최대한 노력한다.

　나만의 언어를 찾으려면 스스로 잘 알아야 한다. 나를 잘 알기 위해서 끊임없는 성찰과 내면의 탐구가 필요하다. 글은 나를 사유하게 하고 내면 깊은 곳까지 들여다보게 돕는다. 글을 쓰며 나를 잘 드러낼 수 있는 언어를 찾을 수 있기를 바란다.

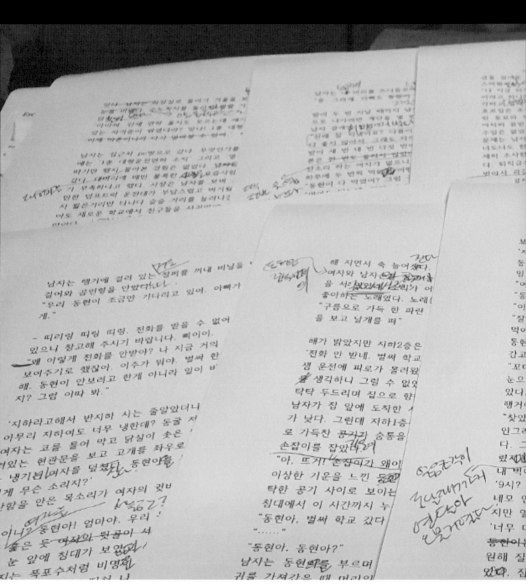

나를 나답게 하는 한 문장

창작을 한다는 건 예기치 않은 신비한 힘이 작용하는 일이다. (p.100)

『호두나무 작업실』, 소윤경 지음

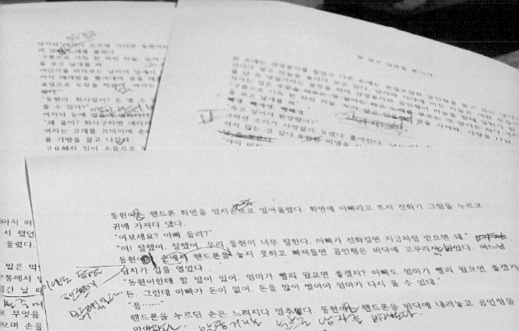

나만의 언어를 찾기 위한 과정

1. 나만의 언어로 3장 "나만의 언어를 찾는 9가지 방법"을 요약해 보세요.

----

2. 꼭 기억하고 싶은 한 구절을 적어보세요.

4장

나답게
살고 싶다면

1

역사가 만들어지는 순간

9년째 인연을 이어오고 있는 펜션이 있다. 경기도 양평에 위치한 펜션 '비아지오'다. '비아지오(Viaggio)'는 이탈리아어로 '여행'이라는 뜻이다. 가족과 행복한 시간을 보내고 싶은 분들, 연인과 아름다운 여유를 느끼고 싶은 분들, 친구와 소중한 추억을 만들고 싶은 분들, 혼자만의 조용한 휴식을 하고 싶은 분들, 그런 모든 분을 위한 힐링의 공간을 만들고자 하는 마음이 펜션 이름에 담겨 있다.

내가 도시에 살던 시절, 동네 엄마로부터 비아지오를 소개받았다. 비아지오에 처음 갔던 날이 기억난다. 첫째가 세 살, 둘째가 갓 백일이었다. 비아지오 사장님은 초면에도 나를 꼭 안고 "나는 아기들이랑 아기 엄마를 좋아해요. 어서 와요." 하고 말씀했다. 그 다정함과 따스함이 좋았다. 나도 모르게 마음에 채워져 있던 경계심이라는 자물쇠가 스르륵 풀려버렸다.

6년 전, 우리 가족은 도시에서 시골로 이사했다. 그때 겪은 비아지오 사장님과 얽힌 재밌는 일화가 있다. 나와 남편은 주택 건축을 알아보다가 비아지오 사장님으로부터 어느 업자를 소개받았다. 그는 비아지오 사장님께서 손님들 마음을 꾀어내는 상술이 장난이 아니라며 속아 넘어가지 말라고 했다. 나는 "하하하. 그래요?" 하고 웃어넘겼다. 그럴 수 있었던 것은 이미 4년간 수십 번을 비아지오에 드나들면서 사장님에 대해 꽤 많은 것을 알고 있어서였다.

비아지오 사장님은, 우리 가족이 시골에 터를 잡은 후 친정어머니보다 먼저 와주셨다. 내 키만 한 멋진 아레카야자를 차에 싣고서. 10년 넘게 아파트에 살다 보니 나는 주택이 낯설었다. 이사 후 한동안 잠을 설쳤다. 비아지오 사장님이 오신 날 어찌나 마음이 놓이던지 그제야 '내가 정착할 곳이 이곳이구나.' 싶었다.

비아지오 사장님은 내가 혼자 펜션에 가거나 아이만 데리고 가면 종종 밖으로 나가자고 하신다. 아이 키우는 엄마들이 밥을 제때 먹지 못한다는 것을 사장님은 알고 계셨다. 그래서 분위기 좋은 카페나 맛있는 식당에 가자고 채근하는 것이다.

육아가 몹시 힘겨울 때면 나는 옷 한 벌을 챙겨서 비아지오로 가곤 한다. 비아지오 사장님께 힘들어서 왔다고 말해 본 적은 없다. 말하지 않아도 사장님은 아이를 키워보셔서인지 내 마음을 잘 헤아리신다. 아이의 먹거리를 나보다 먼저 생각해 찬거리를 방에 놓고 가시는가 하면 아이와 함께 시간을 보내주시는 것으로 육아를 도와주신다.

비아지오 사장님의 친손주가 대학생이다. 내가 어머니라고 부르기엔 나이가 많으시다. 나는 비아지오에 다녀가는 날이면 코끝이 찡해진다. 3~4개월에 한 번씩 비아지오에 가는데도 갈 때마다 어딘지 모르게 달라져 있는 모습이 자꾸 눈에 밟힌다.

비아지오 펜션과 오래 인연을 이어오고 있는 것은 비단 사장님과의 관계 때문만은 아니다. 나는 비아지오라는 공간을, 비아지오에서 보내는 시간을, 무척이나 사랑한다. 9년간 비아지오에서 보낸 밤이 여러 날이었다. 그럼에도 익숙함에서 오는 또 다른 새로움이 있다. 사계절이 다르듯 비아지오의 정원은 매해 같은 계절이면 다른 모습을 보여준다. 나와 아이, 나와 비아지오 사장님이 나누는 이야기는 날이 갈수록 깊어진다. 비아지오는 흐르는 세월 따라 내외관도 어딘가 조금씩 달라져간다.

비아지오에 갈 때면 나는 늘 밤이 오길 기다린다. 모두 잠든 밤, 카페테리아에서 새벽녘까지 책을 읽거나 노트북으로 글을 쓴다. 집에서도 아이가 잠든 밤에 책을 읽거나 글을 쓰지만, 비아지오 카페테리아에서는 집에서 경험해보지 못한 또 다른 세계를 만난다.

그것은 나에게만 온전히 집중할 수 있는 환경 덕이다. 내 컴퓨터 책상만 해도 정리하지 않은 책들이 무질서하게 쌓여 있다. 먹고 남은 음료가 담긴 컵을 참지 못하고, 나는 종종 글을 쓰다가 정리한다. 이럴 때면 집중력이 흐트러진다. 비아지오 카페테리아에서는 그럴 이유가 없다. 나만의 세계로 깊숙이 빠져들 수 있다.

쓰는 사람에게 작업 공간이 얼마나 중요한지 새삼 깨닫는다. 작가들이 글을 쓸 공간을 찾아다니는 것도 이와 다르지 않을 것이다. 요즘 카페는 대부분 콘센트가 있다. 은은한 커피 향과 잔잔한 음악이 흐르는 카페는 글을 쓰기에 좋은 공간이다. 작업하기 좋은 카페를 우연히 만나면, 나는 "꼭 이곳에 다시 와야지." 하고 간판을 사진으로 남긴다.

누구에게나 모든 것이 역사로만 존재할 순간이 찾아온다. 나의 바람은 그날이 도래하는 최후의 순간까지 비아지오처럼 좋아하는 곳을 찾아가는 것이다. 오래오래 내가 사랑하는 사람과 이야기를 지어나가고, 우리의 추억을 글에 담고, 나의 세계를 유영하고 싶다.

역사는 사랑하는 사람과 소중한 장소에서 함께한 시간으로 새겨진다. 지난 내 9년간의 역사 속에는 비아지오가 있다. 훗날의 나의 서사가 될 비아지오를 아끼며 지금을 기록할 수 있는 것은 글을 쓸 수 있기에 가능한 일이다. 글쓰기가 내려 준 축복이다.

비아지오 카페레리아

나를 나답게 하는 한 문장

삶의 의미를 찾아야 하고, 의미 있는 일을 해야 한다. (p.302)

『남자, 여자를 읽다』, 이인 지음

2

외롭지 않은 글쓰기

처음 글을 쓰기 시작했을 때부터 나는 누군가와 함께해오고 있다. 그 시작은 글쓰기 모임이었다. 그 모임에서 독서 리뷰, 장소 리뷰, 시, 에세이를 써서 두 권의 문집을 만들었다. 우리가 함께 쓴 글들을 모아 책으로 엮는 동안 모임의 리더는 일원의 글쓰기 수준을 염려했다.

나는 다른 사람들과의 수준 차를 줄이기 위해 부단히도 애썼다. 그 모임을 나오고 나서 글을 잘 쓰는 사람이 되고 싶었다. 그래서 글쓰기 수업을 들었다. 그 뒤로 에세이, 소설, 시, 그림책, 동화 등 다양한 장르의 수업을 경험했다. 그러면서 어느 장르 하나 만만한 것이 없음을 알아갔다.

강사(작가)의 지도법에는 저마다의 의견이 있다. 말이 되는 글인지, 독자의 마음에 가닿는 글인지, 혼란을 초래하는 글은 아닌지, 논리적인 글인지, 의미 있는 글인지, 재밌고 생동감 있는 글인지에 대한 방법론 등등이었다. 글쓰기 수업에 참여하면 미처 생각하지 못한 부분을 알게 된다. 글을 쓰면서 생긴 궁금증의 실마리를 조금 더 빠르게 풀 수 있다. 그러나 이것은 꼭 수업에서 배워야지만 알 수 있는 것이 아니다. 그저 혼자 묵묵히 쓰면서 충분히 알아갈 수 있다.

학창 시절을 떠올려보면 성적이 상위권인 친구들의 공부 비법은 교과서였다. 교과서를 중심으로 공부한다는 친구가 여럿이었다. 글도 공부와 다르지 않다. 글쓰기에 관한 답은 책 속에 있다. 원하는 답을 찾아내는 일이 관건이다. 그러니 편식 없이 다독해야 한다. 나는 거의 모든 글쓰기에 관한 고민을 책에서 풀어냈다. 대중에게 사랑받는 작품을 분석하고, 글의 구조와 전체적인 틀을 이해하면서 답을 찾아 나갔다.

나작과 끊임없이 글을 퇴고할 때, 나의 글쓰기 실력은 빠르게 향상되었다. 혼자 여러 방식으로 숱하게 습작하면서 쓰는 것을 몸으로 익혔다. 그렇게 쓰는 근력을 붙였다. 그럼에도 내가 글쓰기 모임과 수업을 꾸준히 이어온 이유가 있다. 지금도 나는 (인문학) 글쓰기 수업에 참여하고 있다. 처음에는 누군가로부터 가르침을 받아야만 실력이 늘 것이라고 믿었다. 시간이 지나면서 모임과 수업의 가치는 사람들과의 연대에 있다는 것을 알았다. 글쓰기 모임과 수업에서 내가 얻은 큰 소득은, 수강생들과 함께 쓰는 근력을 붙여나감과 동시에 강사(작가)의 면면을 배운 것이다.

2021년 한 해는 참 힘든 1년이었다. 나는 사회 불안증으로 거의 집 밖으로 나가지 않고 생활했다. 생존에 필요한 마트, 병원, 아이의 학교와 학원만을 다녔다. (ZOOM 수업에 포함된 대면 수업 두 번, 글 벗들과의 모임 한 번, 시 낭독회 한 번이 1년간의 외출 전부다.) 한 곳만은 예외였다. 몸과 마음이 온전하지 못할 때도 나는 도서관을 다녔다. 집 근처에 있는 이천시립 마장도서관이다. 그곳에만 가면 숨이 쉬어졌다. 그 시기만큼 나에게 독서와 글쓰기가 생명수처럼 느껴졌던 적은 없다.

코로나 창궐 이후 여러 수업과 모임은 비대면으로 얼마든지 가능해졌다. 나는 사회와 타인과 단절된 상황에서도 비대면으로 글쓰기 수업을 들었다. 사람은 사회적인 동물이다. 혼자서는 살 수 없다. 온라인으로라도 나는 세상과 소통하고자 했다. 살고 싶어서 글쓰기 수업을 붙잡고 발버둥 쳤다. 대면 수업을 두 번 나가기도 했다. 집을 나서는 불안을 안고 두려움을 견디며 갔던 기억이 난다. 그 두 번의 경험은 나에게 크나큰 용기를 불어넣었다. 그 용기로 이제는 집에서만 살지 않겠다고 다짐하며 세상으로 다시 발을 내디뎠다.

3년간 지치지 않고 글을 쓸 수 있었던 것은 함께해준 수강생들 덕분이다. 쓰는 것은 외롭고 고독한 시간을 견뎌야 하는 일이다. 외로움에 약하고, 고독의 시간을 견디지 못하고, 글이 써지지 않아 고통스럽고, 소속감을 느끼고 싶을수록 연대해야 한다.

누군가의 글을 함께 읽는 것은 한 사람의 세계를 알아가는 과정이다. 서로에 대한 수용, 공감, 이해, 위로는 글을 공유하면서 이루어진다. 아픔이 담긴 글을 수업에서 낭독할 때 누군가 들어주는 것만으로도 상처가 보듬어진다. 나는 글을 통해 사람을 읽는다. 서로를 읽으면 아픔은 덜어지고 기쁨은 배가 된다.

나를 나답게 하는 한 문장

인간은 언제나 사람들 속에서 사람으로 태어나 사람들과 의존하며 살아간다.
(p.370)

『남자, 여자를 읽다』, 이인 지음

사회 불안증으로 집에서만 지낼 때도 다녔던 이천시립 마장도서관

글쓰기로 무언가 이루고 싶다면

어느 날, 유튜브로 켈리 최의 인터뷰 영상을 보게 되었다. 그녀는 글로 벌 기업 켈리델리 창업가이자 회장으로, 2020년 영국의 언론사인 〈선데 이타임스〉가 선정한 400대 부자다. 『파리에서 도시락을 파는 여자』, 『웰 씽킹』의 저자이기도 하다.

켈리 최는 영상에서 20대가 되면 독립해야 한다고 했다. 5년간 죽을 만큼 일을 해보길 권했다. 그럼, 20대에 최고의 위치까지 올라갈 수 있다고 덧붙였다. 여기서 일은 자신이 원하는 것이고, 최고의 위치는 도달하고 싶은 목표 지점이다. 5년간 죽을 만큼 원하는 일을 하려면 목표 의식, 끈기, 체력, 정신력이 필요하다. 목표 의식과 끈기는 서로 이어져 있다. 목표가 희미해지면 끈기를 잃게 된다.

나는 끈기가 없다. 그간 해온 일을 떠올려보면 대개 1년이 고비였다. 내가 20대에 2년 이상 한 일은 유치원 교사직이었다. 이것도 한곳에 진득하게 있지 못하고 여러 번 이직했다. 결혼이라는 이유로 간신히 3년을 채우고 그만뒀다. 한 가지 일을 10년 이상 한 사람들에게서 끈기를 본다. 끈기를 기간에만 두고 판단할 수는 없다. 다만, 내가 10년을 꼽은 것은 그들이 변화하는 모습을 지켜봐서다.

나는 대학 동기 중 한 친구를 존경한다. 그녀는 낮은 곳에서 사회생활을 시작했다. 1~2년은 별다른 변화를 느끼지 못했지만, 3년이 지나면서 전문성을 갖춰 나갔다. 5년 후엔 중간 관리자직에 올랐다. 그렇게 그녀는 한 분야의 전문가가 되어갔다. 그녀는 거기서 안주하지 않고 무기를 장착하듯 하나둘씩 무언가를 계속해서 배웠다.

한 분야에서 일한 지 10년째 되던 해, 그녀는 한 기관의 장이 되었다. 10년이 넘어가자 규모가 더 크고 복지와 처우가 더 좋은 기관의 장으로 이직했다. 한 가지 업종에 오래 종사한다고 해서 누구나 한 기관의 장이 되는 것은 아니다. 그녀가 일하면서도 배움의 끈을 놓지 않았기에 가능한 일이었다.

나는 대학생일 때 "열심히 일해서 차근차근 올라가 꼭 유치원 원장이 될 거야." 하고 입버릇처럼 말했다. 그런데 나는 왜 바라고 원했던 일을 꾸준히 하지 못했을까. 원인이 있다. 사회에 첫발을 내디디고 나서 목표 의식을 상실했기 때문이다. 나는 첫 직장으로 대학 내 부속유치원에 취업했고 운 좋게 경력 없이 바로 높은 위치에 올랐다. 책임감이 막중했지만, 남부럽지 않았다. 평교사에서 주임 교사로, 주임 교사에서 부장 교사로, 부장 교사에서 부원장으로, 부원장에서 원감으로, 원감에서 원장으로 단계를 밟아 올라갈 곳이 없었다. 그렇게 대학에 다닐 때 가졌던 내 목표는 희미해졌다.

처음부터 사회생활을 높은 위치에서 시작한 나는 오만했다. 오만과 부족한 실력을 뒤늦게 알아차리고 마음을 고쳐먹었다. 밑바닥부터 다시 시작하고 싶었다. 이런 포부를 갖고 직급 체계가 확실한 대형 유치원으로 이직했다. 그러나 이미 나에게 자리 잡은 오만은 사라지지 않았다. 나는 낮은 위치에서 배우려는 사람의 태도를 갖추지 못했다.

그 영상에서 켈리 최는 오만에 대해 말했다. 오만은, 이타적인 마음으로 일하지 못해서 생긴 것이라고 말이다. 그 말을 부정할 수 없다. 나 역시 날 위한 목표와 성취만을 바라보았을 뿐 타인을 위한 마음으로 일하지 않았다. 나는 서른 중반이 돼서야 하고 싶은 일을 찾았다. 바로 독서와 글쓰기다. 내가 처음으로 끈기를 발휘한 것이 독서와 글쓰기였다.

4년째 열심히 책을 읽고 글을 쓰며 얻은 나름의 성과는 작년에 단행본을 출간한 것이다. 출간 전 어느 날에는 마음만 먹으면 책을 쓸 수 있을 듯했다. 그 자신감은 에세이를 1,000편 이상 썼을 때 차올랐다. 그때, 나는 글쓰기의 임계점을 넘겼다는 것을 알았다. 글을 쓸 때면 늘 누군가를 떠올린다. 글은 나를 나에게서 타인에게로 나아가게 한다. 내 꿈은 사회에 공헌하는 글을 쓰는 사람이다. 그 꿈에 가 닿으려면 목표가 필요하다. 구체적으로 무엇을 어떻게 실천할지 큰 목표와 하위 목표를 세워야 한다.

켈리 최의 말대로 죽을 만큼 일하면 어쩌면 5년 뒤에 빛을 볼 수 있을지도 모른다. 그러나 미래는 아무도 알지 못한다. 쏟아부은 시간과 에너지에 대한 보상을 얻지 못해 실망하고 좌절하기는 싫다. 그래서 나는 10년을 바라본다. 5년 뒤 꿈을 이루리라는 기대감은 접어두고 지금보다 나아진 내 모습을 상상한다. 이제야 글을 쓴 지 4년이 되었다. 앞으로 6년만 더 목표 의식을 잃지 않고 끈기 있게 글을 쓸 수 있기를 스스로 바란다. 경거망동하지 않고 언제까지나 낮은 곳에서 쓰는 사람으로 살아가기를 소망한다.

독립출판 북페어, 인디온 마켓

나를 나답게 하는 한 문장

스스로의 초라함을 이겨내며 그 의미 없어 보이는 일을 5년, 10년, 15년씩
하는 사람들만이 결국에는 자기 분야에서 자기만의 무언가를 가지게 된다.
(p.197)

『우리는 글쓰기를 너무 심각하게 생각하지』, 정지우 지음

4
작가라는 호칭의 무게

작가라는 호칭의 무게를 무겁게 여기는 사람이 많다. 함께 습작했던 사람들만 봐도 다수가 작가라는 호칭과 직업을 무언가 대단한 영역으로 말하곤 했다. 어떠한 일이든 가벼이 여기는 것도 좋지 않지만, 너무 무겁게 받아들이면 부담으로 다가온다.

나와 함께 글을 썼던 ‐ 약 100명이 넘는‐습작생들은 대부분 본인을 작가 지망생이라고 생각하거나 소개했다. 단 한 명도 취준생‐아르바이트만 하며 글을 쓰는 사람—은 없었다. 100이면 100명, 다 본업이 있는 사람들이었다. 작가를 꿈꾸던 그 많은 작가 지망생은 다 어디로 갔을까. 다들 사회에서 맡은 자신의 역할에 충실히 임하고 있다.

글만 써서 먹고사는 작가가 얼마나 될까. 상위 10% 혹은 1%에 해당하는 네임밸류의 작가여야 가능할까. 작가로서 내 위치는 중간은 고사하고 하위에서도 바닥인 그 어디쯤이라 알지 못한다. 내가 글을 써서 한 달에 손에 쥐는 금액이 약 20만 원 정도다. 동료 작가들을 봐도 글을 써서 먹고사는 것은 현실적으로 불가능해 보인다. 작가가 되고 나서 각종 강연을 하는 이유도 글만으로는 생활고를 피할 수 없어서다.

먹고사는 문제로만 봤을 때 작가라는 직업의 매력도는 낮다. 직업적인 작가의 매력은 다른 데 있을 것이다. 글 쓰는 일 혹은 글 쓰는 삶에 대한 사랑, 다수가 어려워하는 글쓰기를 하는 사람이라는 정체성, 겉으로 보이는 작가라는 허울, 시간을 유동적으로 움직일 수 있는 프리랜서로서의 장점 등에서 사람들은 작가라는 직업을 매력 있게 본다. 그 외에도 또 다른 저마다의 이유가 있을 것이다.

언젠가 유튜브 영상으로 작가 생활을 본 석이 있다. 작가는 매일 무언가를 쓰고, 책을 출간하고, 청탁받아 어떠한 지면에 글을 실으면서 생활한다. 그 영상대로라면 나는 작가라는 직업을 가진 것이 맞다. 4년 전부터 매일 글을 써왔지만, 단행본은 없었다. 원고를 써 달라는 청탁도 받지 못했다. 이제야 누군가 내 직업을 물으면 "제 직업은 작가입니다." 하는 말을 할 수 있게 되었다.

누구나 어릴 적부터 줄곧 글을 접해왔다. 그래서 나는 글을 쓰기 이전에도, 글을 써야겠다는 마음을 먹고 나서도, 자판 위에 처음 두 손을 올렸을 때도, 특정인만이 글을 쓸 수 있다고 생각하지 않았다. 그 덕에 '작가'라는 호칭의 무게를 감각하지 않고 마음이 원하는 대로 열심히 무언가 쓸 수 있었다.

내가 글을 쓴 지 얼마 되지 않았을 때였다. 우연히 나이가 지긋하신 작가님들의 대화를 귀동냥했다. 그들은 '매일 글을 써야 작가'라고 말했다. 그 당시 나는 작가에 대해 아는 것이 없었다. 그럼에도 왜인지 그들의 말에 미소가 절로 지어졌다. 그 뒤로 나는 그 말을 믿고 매일 글을 쓰며 작가에 대한 정의를 내렸다.

나에게 작가란, 출간과 상관없이 매일 글을 쓰는 사람이다. 책을 출간한 사람은 출간 작가다. 그러니까 나에게 작가라는 단어는 출간 작가라는 단어보다 상위에 있다. 처음 글을 쓰기 시작했을 때부터 지금까지도 나에게 작가에 대한 환상은 없다. 환상이 있었더라면 감히 내가 글을 써도 되는 자격이 있는지 의심부터 했을 것이다. 환상이 없었기에 다른 습작생들보다 글의 무게를 덜 느낄 수 있었다. 나를 글에 자유로이 풀어놓을 수 있던 것도 부담감이 낮아서였다. 스스로를 구속하지 않고 그저 마음이 시키는 대로 따라갔다.

어떠한 순간과 상황에서도 나는 주저리주저리 무언가를 쓴다. 1년 전, 외할머니가 돌아가셨을 때도 하염없이 울면서 글을 썼다. 신의 계시라도 받은 사람처럼 하늘에서 내려오는 글줄을 받아 적었다. 제정신이 아니었다. 그런 내 모습을 볼 때면, 여러 감정에 휩싸인다. 가슴이 부풀어 오르면서도 눈물이 눈물샘을 뚫고 나오려는 듯 움찔거린다. 글이나 말로는 표현하기 어려운 묘한 감정이다. 나는 여전히 글 쓰는 것이 즐겁고 힘들다. 가끔은 기쁘고 고통스럽다. 다만, 한 가지는 자신 있게 말할 수 있다. 그것은 언제까지나 나답게 살기 위해 글을 쓰겠다는 약속이다. 지금처럼.

나를 나답게 하는 한 문장

일반인뿐 아니라 작가들도 글쓰기를 배우지 못한 채 작가가 되어 점점 글쓰기
실력을 늘려나가는 경우도 많다. (p.21)

『살짝 웃기는 글이 잘 쓴 글입니다』, 편성준 지음

수원 소재 독립책방 오평

5

나답게 살기 위한 글쓰기

책 『나는 나로 살기로 했다』는 2016년 겨울에 출간되었다. 내가 이 책을 알게 된 것도 그해였다. 그 당시에 독서 좀 한다고 자부하는 동네 엄마 H로부터 이 책을 소개받았다. 책에 관심이 없던 시절이라 나는 책 제목만 슬쩍 보고 말았다. 그럼에도 동네 엄마 H는 나를 붙잡고 인기가 얼마나 많은 책인지 모른다며 한참 이야기했다. 그러다 그는 "○○ 엄마 말고 나로 좀 살고 싶어."라고 말했다. 책에 무지한 나도 그 말에는 고개를 끄덕였다. 어머니가 된다는 것은 나를 아이에게 온전히 내어주어야 하는 일이라 공감되었다.

그 뒤로 『나는 나로 살기로 했다』 책을 까마득하게 잊고 지냈다. 나는 작년에 했던 독서 모임에서 이 책을 다시 만났다. 이 책은 출간된 지 햇수로 7년째를 맞이하고 있다. 현재도 독자들에게 많은 사랑을 받고 있다. 이 책의 인기 비결은 무엇일까. 7년 전부터 지금까지도 나로 살고 싶은 사람이 많아서가 아닐까.

작년 어느 날, 동료 작가 H의 북 콘서트에서 이 책의 제목과 맞닿은 이야기가 오갔다. 북 콘서트가 끝날 무렵 작가와의 질의응답 시간이었다. 어느 참여자는 작가 H에게 "나답게 산다는 것은 무엇을 말하는 거예요?" 하고 질문했다. 나답게 살고 싶은데 그게 어떠한 것인지 모르겠다는 고민이었다. 아마 어딘가에는 이와 같은 고민을 하는 사람이 있을 것이다. 작가 H는 자신에게 집중하면 진심으로 원하는 삶을 알게 될 것이라고 답했다.

소통 전문가 김창옥 교수님도 강연에서 진심에 대해 말씀한 적이 있다. 진심은 자신이 돈을 자주 쓰는 곳에 있다는 것이었다. 진심으로 그 일을 사랑하기에 투자하는 것이라고, 사랑하는 일이 삶에서 늘어나게 되면 나답게 살게 된다고 덧붙였다. 나는 주로 책값, 출판 관련 강의, 커피 값에 돈을 쓴다. 내가 좋아하는 일들이다. 좋아하는 일을 아는 것은 나의 일부를 알고 있다는 뜻이다.

김창옥 교수님 말에 따르면, 누구나 자신이 생각하는 자아와 타인에게 비추어지는 자아가 다르다고 한다. 그 격차가 클수록 비대한 자아 혹은 메마른 자아를 가졌을 확률이 높다. 이런 격차가 발생하는 이유가 무엇일까. 스스로 잘 몰라서가 아닐까. 그러니 나를 안다는 것은 무척 중요하다.

가끔 나는 내가 어떠한 사람인지, 좋아하는 것이 무엇인지, 추구하는 삶이나 태도가 어떻게 변해 가는지, 욕구와 욕심 그리고 욕망이 가 닿는 곳은 어딘지 하는 것들을 노트에 적는다. 글을 쓰면 나를 알게 된다. 글쓰기만큼 스스로를 잘 아는 방법이 또 있을까. 글쓰기는 나를 알게 함과 동시에 나와 가까워질 수 있는 매개체가 되어준다. 내가 알고 있던 자아와 모르고 있던 자아가 친해질 수 있도록 연결고리 역할을 하는 것이다. 내 이야기를 쓰는 것은 내면의 무수한 작용을 알아가는 일이다. 글쓰기는 성찰과 수양의 과정이다. 그래서 글을 쓰면 마음에 근력이 붙는다. 근력이 늘어갈수록 내면이 단단해진다.

나답게 사는 것은 하고 싶은 일로 삶을 가득 채우는 것이 아니다. 나다운 삶은 주동에서 출발한다. 주동은 어떠한 일을 주체적으로 하는 사람이다. 수동적인 사람은 출근 시간이 됐기 때문에 하는 수 없이 회사에 끌려가듯 간다. 능동적인 사람은 회사에서 자신이 하는 일의 가치를 알고 하루를 이끌어 시작한다. 이것은 삶을 대하는 태도에서 결정된다. 또한, 이것은 자신을 아는 데서부터 출발한다.

지난 3년간 나는 글을 쓰며 모험가처럼 먼 길을 떠돌았다. 그 길목에서 돌부리에 걸려 넘어져도 보고, 막다른 길에 부딪혀도 보고, 넘어서지 못할 큰 산 앞에서 주저앉아도 보고, 다시 일어나 비틀거리면서라도 계속 글쓰기의 길을 걸었다. 그러면서 잃어버린 나의 일부를 되찾았다. 그렇게 나는 내 삶의 주인이 되어갔다. 내가 돌고 돌아 닿은 곳에는 쓰는 삶이 날 기다리고 있었다. 나는 여전히 쓰는 삶을 부여잡고 안간힘을 쓰고 있다. 나답게 살기 위해, 나를 잃어버리지 않기 위해, 또다시 글쓰기 앞에 서 있다. 글쓰기를 몸으로 익히고 근력이 붙은 단단한 모습으로.

수원 소재 카페, 키코프 커피스튜디오

TUDIO

나를 나답게 하는 한 문장

스스로 판단하고 결정하며 삶을 일구는 것이 나다운 삶이다. 그 시작을 위해선 당신 자신에게 관심을 기울여야 한다. 당신에 대한 글을 써보는 것도 좋은 방법이다. (p.80)

『나는 나로 살기로 했다』, 김수현 지음

1. 나만의 언어로 4장 "나답게 살고 싶다면"을 요약해 보세요.

----

2. 꼭 기억하고 싶은 한 구절을 적어보세요.

매일 쓰는 사람이 작가입니다

언젠가 저는 글을 잘 쓰는 사람이 되고 싶었습니다. 그 욕망이 만들어 낸 지난 저의 노력들이 떠오릅니다. 저는 글을 실감 나게 쓰기 위해 소설 수업을 들으며 소설의 구조를 파악했습니다. 소설 형식을 알고 에세이에 녹여내면 글이 더 생생하게 살아날 것이라고 믿었습니다. 어떻게 하면 소설의 구조를 에세이에 잘 담아낼 수 있을지 고민했습니다. 그렇게 백 지 위에 끝없이 도돌이표를 찍었습니다. 어느 날, 저는 드디어 소설을 빌 어 소설 형식의 에세이를 구사할 수 있게 되었습니다. 저의 첫 번째 단행 본인 『외로움을 마주하는 자세』에 소설 형식 에세이와 진술 형식 에세이를 교차로 담았습니다.

첫 책을 집필할 당시, 저는 글에 성숙미를 넘어 완숙미를 녹여내고 싶었습니다. 또다시 흰색 바탕을 어지럽혀 놓고 말끔하게 치우길 반복했습니다. 이뿐 아니라 구구절절한 이야기와 감정을 쏟아내는 것을 조심하려고 애썼습니다. 상세하고 간곡한 것은 좋지만, 구구절절한 글은 곤란합니다. 저는 제 내면에서 솟구치는 마음의 소리에 귀 기울였습니다. 독자의 시선에서 듣고 싶은 마음의 소리가 무엇인지에 대해 끊임없이 찾아헤맸습니다. 그리고 책을 출간한 이후 계속해서 글쓰기에 저를 담금질하며 깨달았습니다. 글쓰기는 있는 그대로의 저를 담아내는 것이 가장 중요하다는 것을요. 저는 요즘 자주 말합니다. 스스로 거는 주문처럼 되뇝니다.

"좋은 글도 나쁜 글도 없다. 누군가는 너의 글을 좋아하고 누군가는 싫어해. 그러니 그저 쓰면 되는 거야."

이 세상의 모든 글은 완벽하지 않습니다. 좋은 글도 나쁜 글도 없습니다. 저마다의 취향만 있을 뿐입니다. 글은 말이 되게만 쓰면 됩니다. 망상을 써서 혼란을 초래하면 안 되는 거니까요. 글쓰기 모임과 수업에서 배운 것은 글에 관한 기술보다도 가르치는 강사(작가)의 역량과 함께 쓰는 이로움이었습니다.

저는 쉬운 글을 좋아합니다. 쉽게 읽히면서도 마음을 울리는 작가가 되고 싶습니다. 진정한 고수는 어렵게 쓸 줄 알면서도, 기교를 담아 쓸 줄 알면서도, 보란 듯이 실력을 내세울 줄 알면서도 하지 않고 자신의 길을 묵묵히 걷는 사람입니다. 누군가에게 실력을 뽐내고 보여주기 위해 글을 쓰는 것이 아닙니다. 글쓰기는 나의 마음을 고함으로써 타인의 마음을 헤아리기 위해 하는 것임을 기억해야 합니다.

글쓰기는 자신에 대한 믿음에서부터 시작됩니다. 오늘도 무언가 쓰고자 하는 당신을 응원합니다. 당신의 오늘이 에세이가 되는 순간을 맞이할 수 있기를, 당신의 매일이 에세이로 새 생명을 얻을 수 있기를, 그렇게 작가가 되기를 바랍니다. 매일 글을 쓰는 사람이 작가입니다.

저를 지도해주신 여덟 분의 작가님과 수강생들 덕분에 이 책을 집필할 수 있었습니다. 부족한 제게 건강한 글쓰기와 옳은 삶의 태도를 가르쳐

주신 선생님들의 성함을 호명해드리고 싶습니다.

마음으로 섬기는 시골 책방 생각을담는집 대표 임후남 선생님, 북크루와 도서출판 정미소 대표이자 사회문화평론가 김민섭 작가님, 『나의 까칠한 백수 할머니』, 『고독을 건너는 방법』, 『성에 대한 얕지 않은 지식』, 『남자를 밝힌다』, 『남자, 여자를 읽다』 등을 저술하신 인문사회학자 이인 작가님 감사드립니다. 선생님들의 가르침대로 바르고 곧게 살아가겠습니다. 작가의 길을 열어주신 미다스북스 류종열 대표님과 명상완 실장님 그리고 이다경 편집장님 외 미다스북스 가족 모두에게 진심으로 고개 숙여 감사 인사를 드립니다.

오랫동안

꿈을 그리는 사람은

마침내

그 꿈을 닮아간다.

아이의 학원 벽면의 희망 메시지

부록

이수아 작가의
〈소설 습작 노트〉

〈단편소설〉

현우는 핸드폰을 충전기에 꽂아놓고 무엇을 할지 고민하다 술래잡기를 하기로 했다. 곰 인형을 들고 눈을 감았다. 한 바퀴 휙 돌며 손을 놓자 인형이 날아올라 어디론가 떨어졌다. 현우는 곰 인형에게 다 숨었는지 물었다. 그다음 일부터 십까지 세기 시작했다. 호기심 가득한 눈으로 곳곳을 둘러본 현우는 무릎을 꿇고 두 손을 바닥에 짚었다. 엉금엉금 기어다니며 식탁 다리 사이와 침대 밑을 살폈다. 곰 인형은 어디에도 보이지 않았다. 방향을 틀어 반대쪽으로 간 현우는 옷 사이로 빼꼼히 내민 곰 인형의 엉덩이를 보고 킥킥거렸다.

_덫 中

〈단편소설〉

굿판은 순식간에 울음바다가 됐다. 검은 새들의 등은 서글프고 쓸쓸해

보였다. 나는 쌀이 수북이 담긴 스물세 개의 그릇을 웅크리고 있는 검은

새의 둘레로 놓았다. 양초와 손바닥만 한 흰 삼각형 종이를 쌀에 꽂았다.

종이에는 화재로 숨진 23명의 이름이 적혀 있다. 양초에 불을 붙이자 불

꽃이 검은 새들을 에워 쌓았다. 검은 새들은 등을 파르르 떨며 서로의 몸

을 밀착시켰다. 마치 서로 부둥켜안듯이.

_만신 中

〈단편소설〉

노숙자들이 하나, 둘 잠이 들자 창석이 덮고 있는 담요를 젖히고 달아오른 몸뚱이가 미끄러져 들어왔다. 그녀가 창석의 가슴팍에 얼굴을 파묻었을 때였다. 이때다 싶었는지 창석은 파고드는 그녀를 꼭 끌어안았다. 그녀의 손은 피아노 치듯 위에서 아래로 내려가며 무엇인가를 찾고 있었다. 시커먼 이빨 사이로 백태가 낀 혀가 날름거렸다. 진상 여자에게 느꼈던 것과는 다른 차원의 모욕감이었다. 성적 수치심은 창석의 뱃속에 가득 차올라 꿈적거렸다.

_부를 수 없었던 이름 中

〈엽편소설〉

몸이 따스해지던 그 순간 모과차가 든 컵을 바닥에 떨어뜨리고 말았다. 일부러 그런 것은 아니었다. 의지와는 상관없는 일이었다. 나는 변신이라도 하듯 손끝부터 투명하게 변해가고 있었다. 팔, 목, 얼굴, 가슴, 다리, 발마저도 순식간에 투명하고 투명하게…. 온몸이 투명해지는데도 아무것도 할 수 없는 나는 젖어드는 눈으로 그저 바라만 볼 뿐이었다. 가족들은 말도 없이 사라진 나를 걱정했다. 투명 인간이 된 지 이틀이 지나자 아버지는 경찰서로 달려가 실종신고를 했다. 나는 여기에 그대로 있는데 아무도 알아보지 못했다.

_투명 인간 中

〈엽편소설〉

"아이 낳지 않는다는 거 부모님께는 말씀드리지 말자. 괜히 충격받으셔."

훈과 결혼하기 전부터 아이를 낳지 말자고 약속했지만, 살다가 아이가 생기면 낳을 생각이었던 나는 아무 말 없이 눈을 감은 채 고개를 끄덕였다. 아이를 키우는 건 자신의 삶을 포기해야 하는 거라고 했던 훈의 말이 떠올랐다. 먼저 결혼한 친구 Y가 아이 키우는 모습을 보며 육아가 얼마나 고된 일인지, 시간과 체력을 얼마나 장기간 쏟아부어야 하는 일인지 알고 있었다. 그래도 Y는 아이가 주는 행복은 고된 육아를 이겨낼 수 있게 하는 힘이 있다고 했다.

_딩크부부 中

〈엽편소설〉

쪽지에 적힌 내용이 궁금해 읽어보려다 윤이 집에 가서 읽으라고 했던 게 기억나 손에 꾹 참았다. 지현은 집에 도착해 신발도 벗지 않은 채 쪽지를 펼쳤다. 쪽지에는 시 한 편이 적혀 있었다. Destiny. 지현이 지은 시였다. 그제야 지현은 윤에게 왜 친근함이 들었는지 알 것 같았다. 전생을 믿는 사람만이 느낄 수 있는 어떤 감각기관이 발달되어 있는지도 몰랐다. 어쩌면 윤은 전생의 자신과 이어졌던 인연이었을지 모른다고 지현은 생각했다.

_Destiny 中

〈엽편소설〉

책방 주인은 손뼉을 치며 호들갑을 떨었다. 책방에서 우민을 만난 건 우연이지만, 그녀 말대로 언제 어떻게 어떤 식으로든 만나게 돼 있는 게 인연인지도 몰랐다. 난 오늘부터 그녀의 말을 믿기로 했다. 생각에 잠겨 있는데 우민이 말했다.

"책 가지러 갈 건데 같이 가자. 가면서 이야기해."

나는 수줍게 고개를 끄덕였다. 우리는 책방을 나섰다. 우민은 차가 있는 곳으로 걸어가는 동안 아무 말도 꺼내지 않았다.

_다시 만난 세계 中